Wolfgang Pein

Wenn des Grabes Stimme spricht

Untertitel :

„Eine ungewöhnliche Auferstehung"

Ein futuristischer Roman zum Thema

„Künstliche Intelligenz".

Bibliografische Information
der Deutschen Nationalbibliothek:

Die Deutsche Nationalbibliothek verzeichnet diese
Publikation in der Deutschen Nationalbibliografie.
Detaillierte bibliografische Daten sind im Internet
über http://dnb.d-nb.de abrufbar.

Herstellung und Verlag:

BoD – Books on Demand, In de Tarpen 42
D – 22848 Norderstedt - Germany –

ISBN-Nr.: 9783751918404

K I - die „Künstliche Intelligenz"

Die „Künstliche Intelligenz" hat der Menschheit Möglichkeiten eröffnet, die vor etlichen Jahren noch undenkbar waren und im Bereich der „Fiktionen" gehandelt wurden.

Vor allem in der Medizin sind mit **KI** Fortschritte erlaubt worden, die positiv bedeutsam sind.

Auch in der **IT** ist der Fortschritt unübersehbar und nicht mehr weg-zu-denken.

Alles schön und gut, meint nicht nur der Autor hier und befindet sich in Gesellschaft von Fachleuten, die es wissen müss(t)en.

Denn – die Risiken, die **KI** begleiten, sind auch nicht ganz zu leugnen.

Dabei soll dies alles nicht in den Bereich von Horror-Filmen gestellt werden, aber von Nutzen ist diese Technik und sind ihre Folgen nur dann, wenn auch alles beherrschbar bleibt.

Was passieren **kann**, wenn „Intelligenten Programmen" die Eingaben ihrer Menschen nicht mehr gefallen und diese sich selbständig verändern, das wurde **bereits** in zwei KI-Romanen des Autors unter „Am Ende siegt (vielleicht) der Mensch" und „Am Anfang war es nur diese eine unbedachte Sekunde" behandelt.

Handlung, Behörden und Personen

des Romans

sind   f r e i   erfunden.

Eventuell auftretende Übereinstimmungen

sind   nicht   beabsichtigt

und

wären   rein   zufällig

Wolfgang Pein

... noch ein kleiner Hinweis:

Als mein **1.** Buch über K I
mit   „...Am Ende ......" - siehe Seite 7 hier –
geschrieben wurde,

hatte ich trotz der fatalen
Computer-Programm-Folgen
die positive Hoffnung nicht vergessen.

So stand denn dort auf der Seite 146:
„Und **vielleicht** handelt mein nächstes Buch
davon, dass „allein Dank der Künstlichen
Intelligenz" die Geschichte ein gutes Ende nimmt."

Was aus diesem Vorsatz oder besser dieser Idee
für ein weiteres K I -Buch wurde,
das kann man im **2.** K I -Buch nachlesen.
„...Am Anfang...." – siehe Seite 7 hier –

Jetzt mit d i e s e m 3. Buch hier
ist es sozusagen eine Trilogie geworden.
Ich werde das jetzt und hier beenden!

Seien sie gespannt,
w i e   es enden wird,
denn als ich dieses **3.** Buch begann,
da wusste ich es selbst noch nicht.

Ein sehr alter Friedhof

Fedor Grosny hob seinen Kopf – sehr vorsichtig. Er hatte sich bisher sehr sicher gefühlt. Der alte Friedhof wurde nicht mehr benutzt – schon viele Jahre lang nicht mehr, seitdem ein neuer am anderen Ende des kleinen Dorfes entstanden war.

Fedor Grosny war nun schon vier Monate hier. Untergetaucht war er – sozusagen auf der Flucht. Bis vor zehn Tagen hatte er keine Probleme mit einer fatalen Entdeckung – zumindest seit den letzten vier Monaten.

Aber vor einer Woche war es mit der Ruhe auf dem Friedhof vorbei. Urplötzlich waren Männer erschienen. Das schwere Kettenschloss am Eingang wurde geöffnet. In der Kirche selbst – deren Eingang ebenfalls geöffnet wurde - hantierten einige Männer, die gingen ein und aus.

Fedor Grosny wunderte sich, dass am Gebäude offensichtlich ein Stromanschluss wieder in Betrieb genommen wurde. Dass der noch funktioniert, dies hätte sich Fedor schon sehr viel früher gewünscht. Dann hätte er sich auch mit einem Elektrorasierer rasieren können, den er aus einem Sammelgefäß für ausrangierte Kleingeräte entnommen hatte. Ohne Klingen und ohne Nassrasierer sah er verboten aus. Er schämte sich und war froh, dass ihn niemand entdeckte.

Fedor hob weiterhin vorsichtig seinen Kopf. Zuletzt wurde es vor drei Tagen noch einmal richtig hektisch auf dem Friedhof. Sogar ein Minibagger kam bei einem Begräbnis zum Einsatz. Aber jetzt war Ruhe eingetreten. Nur noch einmal kam einen Tag nach der rätselhaften Geschichte ein Mann und hatte auf das frische Grab geschaut.

Unter der grünen Plane, unter der sich Fedor die letzten vier Monate versteckt gelebt hat, wurden jetzt nach dem Kopf auch die Schultern sichtbar – und nach und nach Fedors ganze Gestalt.

Auch nicht nur einmal hatte er es gewagt, auf das neue Grab zu schauen - zu viel Angst vor dem entdeckt werden war im Spiel.

Es dämmerte schon, und Fedor war sich sicher, dass heute niemand mehr seinen Fuß auf den Friedhof setzen wird. Außerdem war der Friedhof wieder fest verschlossen, und er würde es hören, wenn wieder am alten Tor hantiert wird.

Fedor stand jetzt vor dem Grab, einem nur kleinen Grab – wohl ein Urnengrab.

Das Kreuz darauf war offensichtlich älter. Fedor konnte nicht wissen, dass es nur älter aussehen sollte, als es wirklich war.

Fedor Grosny fragte sich: „Warum ist hier noch jemand beerdigt worden, wo doch der Friedhof schon längst geschlossen ist? Wozu der ganze Aufwand? Wozu die vielen Männer? Warum ein Bagger, wo doch ein kleines Urnengrab einfach mit einer normalen Schaufel auszuheben ist ?"

Kopf-schüttelnd schaute er sich noch einmal das Kreuz an. Auch die Aufschrift machte ihn stutzig. Normal stehen doch zumindest auch die Geburts- und Sterbedaten auf Kreuzen und Grabsteinen.

Fedor las die Aufschrift auf dem Kreuz:

Hier ruht „Rus Zerbe"
✝ März 2027 -

„Merkwürdig ist diese Sache allemal!", dachte sich Fedor. „Merkwürdig, wir haben doch schon **2028** !"

Beinahe unheimlich wurde ihm, als er vor dem seltsamen Grab stand. Er wusste selbst nicht warum, aber irgendetwas machte ihm Angst.

Und als Fedor irrtümlich ein Geräusch vernahm, das er mit dem Tor des Friedhofs verband, machte er sich mit eiligem Schritt zurück auf den Weg zu seinem Versteck. Vorsichtshalber deckte er wieder die Plane über sich. Merkwürdige Gedanken gingen ihm nicht aus dem Kopf. Allerdings konnte er die nicht zuordnen – zu wirr erschienen sie. Hatte alles mit dem Grab zu tun?

Mit einem Mal fühlte sich Fedor nicht mehr sicher hier in seinem Versteck. „Wenn hier solche geheimnisvollen Vorgänge laufen, dann muss ich hier weg!" sagte Fedor vor sich hin. „Ich muss hier einfach weg!"

Und das sagte sich Fedor nicht ohne Grund, schließlich war er wirklich auf der Flucht. Viel hatte er nicht einzupacken – ein Rucksack, eine Schlafrolle, eine Zeltplane - das war alles.

Vor etwa sechs Jahren war er ins Land gekommen. Er hatte schlimme Dinge in seiner Heimat erlebt. Und hier nun hatte er nach einem endlos langen Weg in der Schweiz einen Antrag auf Asyl gestellt.

Es war nicht einfach gewesen. Die Schweiz hatte hohe Hürden für solche Dinge aufgestellt. Aber letztendlich hatte Fedor doch Erfolg gehabt. Nach vier Jahren Kampf mit vielen verschiedenen Behörden bekam Fedor eine Aufenthalts-Erlaubnis. Und etwas später folgte sogar eine Arbeits-Erlaubnis.

Der Rückschlag

Fedor Grosny hatte es also vier Jahre nach seiner Flucht geschafft. Nicht nur die Aufenthalts-Erlaubnis war ihm wichtig. Er gehörte zu den Menschen, die nicht untätig sein können.

Deshalb bemühte er sich mit der ebenfalls in seinen Händen befindlichen Arbeits-Erlaubnis um eine Aufgabe. Sein Ziel war ein selbständiger Verdienst. Anderen nur auf der Tasche zu liegen, das war ihm einfach nicht gut genug.

Und Fedor hatte großes Glück. Es gelang ihm – mit Unterstützung einer gönnerhaften Mitarbeiterin einer Behörde – sogar ein Gründungs-Darlehen zu bekommen. In seiner Heimat war er Elektriker und hatte auch ein wenig Ahnung von modischem Kram, wie die meisten in seinem Heimatdorf es nannten. Fedor war einer der ersten, die sich einen Computer zulegten, auch wenn es ein Modell war, das in den westlichen Ländern schon als „sehr überholt" galt.

Fedor mietete einen kleinen Laden. Der hatte nur ein kleines Schaufenster und dahinter nur ein paar Quadratmeter als Fläche. Im hinteren Bereich, durch einen Raumteiler getrennt, hantierte Fedor mit defekten Dingen, die allesamt in den Elektro-Bereich gehörten. Fedor war so geschickt darin, diese „Schätzchen" wieder in Ordnung zu bringen, dass es sich herum sprach.

Und immer mehr Menschen, die nicht alles sofort auf den Schrott werfen, kamen gerne in „sein Geschäft". Dies ging schon nach relativ kurzer Zeit so gut, dass er eine Teilzeit-Kraft einstellen konnte, um sich ganz seiner Arbeit mit der Wiederherstellung der Elektro-Geräte zu widmen.

Dann ging alles ganz schnell. Alles ging zügig „den Bach herunter". Was war geschehen?

Ein unheilvoller Umschlag einer Behörde erreichte Fedor. Er konnte nicht ahnen, was ihn dort in dessen Inhalt erwartete, aber er hatte schon kurz vor dem Öffnen des Briefes ein mulmiges Gefühl. Sein Gefühl sollte ihn nicht täuschen.

In dem Brief wurde ihm mitgeteilt, dass Ermittlungen gegen ihn eingeleitet wurden - wegen eines Steuervergehens. Fedor war ratlos. Was sollte er falsch gemacht haben – er, der doch immer alles nur gut meinte?

Als er weiter nach den Gründen für diesen Vorwurf im Brief suchte, sprang ihm ein weiteres Mal das Wort „Steuervergehen" entgegen und die Begründung dafür. Fedor soll keine Abgaben für seine Teilzeit-Kraft entrichtet haben, zumindest nicht die vollen Beträge dafür.

Weiterhin überlegte er ratlos, was damit gemeint sein soll. Im Brief waren zwar noch einige Punkte aufgeführt, aber er konnte damit nichts anfangen.

Fedor war in bürokratischen Dingen unerfahren. In seinem Heimatland gab es nicht so viele Vorschriften – schon gar nicht für Teilzeit-Kräfte. Dort wurde alles mit leichter Hand erledigt und natürlich auch mit harter Hand, wenn andere Sprachen nicht reichten. Von Demokratie war man dort sehr weit entfernt.

Schließlich war Fedor nicht freiwillig hier in der Schweiz. Schon mehrmals war er festgenommen worden. Mehrere Male saß er in seiner Heimat schon in Haft, weil er sich Dingen nicht beugen wollte, die er ablehnte. Eine weitere Festnahme hätte für ihn das Ende seiner Arbeitserlaubnis dort bedeutet und wahrscheinlich stand dann ein längerer Freiheits-Entzug an – wahrscheinlich dann auch nur, wenn er Glück hatte. Fedor floh.

Jetzt war er also hier, hatte schon zwei Jahre lang „sein Geschäft", war glücklich und zufrieden, was auch an seiner Bescheidenheit lag.

Und jetzt soll alles am Ende sein?

Am nächsten Tag erhielt er einen weiteren Brief. Dieser schmerzte ihn noch mehr, als der am Tag davor. Der Inhalt trieb ihm die Tränen in die Augen. Er las „….wird Ihnen die Arbeits-Erlaubnis hiermit entzogen!"

Fedor versuchte alles, versuchte alles wieder gut-zu-machen, hatte er doch nur unwissend gehandelt. Die Gesetze hatten ihn überfordert. Es gab keinen Pardon. Es wurde noch schlimmer!

Nach einigen Wochen der Ungewissheit und den Tränen in der Nacht wurde es endgültig dunkel um Fedor.   Alles hatte nicht geholfen.   Ein weiterer schlimmer Brief erreichte ihn, und der warf ihn nun völlig aus der Bahn.

In diesem Brief sprang Fedor das Wort

„A u s w e i s u n g"

wie   ein   Ungeheuer   an.

Fedor dachte verzweifelt und ohne Hoffnung daran, seinem Leben ein Ende zu setzen.

Grabes – Stimme

Fedor konnte es nie vergessen, was geschehen war. Und begreifen konnte er es schon gar nicht. Er hatte doch immer versucht, ein guter Bürger zu sein, hatte eine Zeitung abonniert, um immer informiert zu sein. Wie oft hatte er gelesen, dass viele Leute wie er aus dem Ausland ins Land kamen und hier gut „Fuß fassten". Und nicht nur in der Zeitung hatte gestanden, dass hinter manchen neuen Bürgern auch Fragezeichen standen. Von Ausweisungen war da keine Rede.

Fedor fragte sich, wie dies alles sein kann. „Was bin ich doch für ein kleines Licht. Warum macht man das mit mir?" Alles war umsonst gewesen.

Und jetzt war er also hier. Er war am Leben – aber wie! Versteckt unter einer Plane, konnte man dies als Leben bezeichnen? Wenn er erwischt worden wäre, man hätte ihm hier nicht einmal das Leben unter einer Plane gegönnt.

Fedor hatte trotzdem ein schlechtes Gewissen, und er wusste auch sehr genau warum. Einem Verstorbenen, den ein gleiches Schicksal ereilt hatte, dem nahm er dessen Ausweispapiere ab.

Und jetzt hieß er eben einfach Fedor Grosny. Fedor konnte sich zwar nicht ganz sicher sein, was unter diesem Namen irgendwo verzeichnet war, aber es war ein Name, unter dem man ihn nicht sofort ausweisen würde, hoffte er zumindest.

Fedor lachte laut auf. „Es ist doch wirklich mehr als komisch, aber dabei auf keinen Fall lustig. Durch ein angebliches Steuervergehen, einfach nur durch meine Unwissenheit, da habe ich alles verloren. Aber mit dem Ausweis, der mir ja nicht gehört, da konnte ich mich über Wasser halten. Aber wie – durch an die Straße-stellen, um von Leuten aufgegabelt zu werden, die dann mich und andere ausnutzen, um mehr als nur Steuern zu sparen und um den Staat zu hintergehen!"

Fedor schüttelte immer noch heftig den Kopf. Glück hatte er gehabt. Kein einziges Mal war er bei Kontrollen aufgefallen – war einfach nicht einmal kontrolliert worden. So hatte er sich sein Überleben mit den wenigen Schweizer Franken gesichert, um wenigstens nicht zu verhungern. Viel hatte er ansonsten ja auch nicht gebraucht. Wasser trank er aus dem nahen Bach, Essen konnte er sich von seinem schmalen „Verdienst" kaufen, und Miete war auf dem Friedhof ja auch nicht fällig.

Drei Tage lang hatte sich Fedor Zeit gelassen, hatte immer wieder über alles nachgedacht. Noch zweimal war er an dem seltsamen Grab gewesen. Und wieder hatte er ein Geräusch gehört, das aber gar nicht vom Friedhofs-Tor kam, wie er es beim ersten Mal so gedacht hatte und schnellstmöglich wieder unter seiner Plane verschwunden war. Heute - so war er fest entschlossen – heute geht er ein letztes Mal hin – und dann sagt er diesem Gelände Lebewohl.

Fedor stand jetzt vor dem seltsamen Grab, seine Schlafrolle und seine grüne Plane unter dem Arm, sowie nur mit einem Rucksack mit seinen wenigen verbliebenen Sachen.

Er lauschte, wartete, ob er wieder ein Geräusch hören wird, schüttelte dabei unmerklich den Kopf, schimpfte sich selbst einen ziemlich dummen Kerl, der wohl Gespenster hört, obwohl er gar nicht daran glaubt.

Er dachte trotzdem noch einmal darüber nach, wie sich die vermeintlichen Geräusche angehört haben, die er sich sicherlich nur eingebildet hat.

Das erstmals vernommene Geräusch hatte er ja der vermeintlichen Öffnung des Tores zugedichtet.
Aber dann: Es hatte geklungen wie: „...if mir!"
Das war das Geräusch beim nächsten Grabesbesuch.
Und beim nochmaligen Besuch hatte er ebenfalls nur Bruchstücke vernommen wie: „...hil mi!"

Fedor war sich sicher, dass diese Bruchstücke aus dem Grab kamen. Es war Windstill gewesen, kein Mensch oder Tier weit und breit.

Er kratzte sich am Kopf. „Fedor, du wirst langsam verrückt. Jetzt glaubst du sogar an Geister. Es wird jetzt höchste Zeit, dass du diesen gastlichen Ort verlässt. Also: Geist der Bruchstücke - auf Wiedersehen!"

Und wieder schüttelte Fedor heftig seinen Kopf, dann drehte er dem Grab seinen Rücken zu und war auf dem Weg zur Friedhofsmauer, die er schon oft überwunden hatte - jedes Mal, wenn er etwas zum Überleben wie z.B. Nahrung brauchte.

Wie angewurzelt, wie vom Schlag getroffen, so blieb er stehen. Er hatte eine Stimme gehört.

Und dieses Mal hatte es sich angehört   w i e:

„Hilf mir!"

Nur ein Spuk ?

Fedor sah sich um. Niemand war außer ihm dort. Er war jetzt zu 100 % überzeugt.   Die Stimme oder das wofür er diese hielt, kam aus dem Grab.

Fedor hatte schon so viel erlebt, in seiner Heimat um sein Leben gekämpft, viel eingesteckt, aber auch viel ausgeteilt.   Er drehte sich entschlossen um, entschlossen, diesem Spuk ein Ende zu bereiten und vor sich hin sagend: „Es gibt keine Geister! Es gibt keine Gespenster! Schluss! Aus!"

Er war mehr als nur entschlossen, das Geheimnis dieses merkwürdigen Grabes zu lüften. Allein schon das Datum des Jahres, das nicht mit der Bestattung noch vor kurzem übereinstimmte, das wird er jetzt ein für allemal klären.

Fedor kniete vor dem Grab. Das Holzkreuz ließ sich beinahe mühelos aus dem Boden ziehen. Fedor lauschte − nichts passierte.   Mit seinen bloßen Händen schob er die Erde weg, die noch keine zu feste Form angenommen hatte.

„Was werde ich hier finden?", tauchten Gedanken in ihm auf.   „Eine Urne kann keine Stimme enthalten, einen Körper schon gar nicht."

Fedor hatte schon von Bestattungen gehört, bei denen der Begrabene im Sarg nur scheintot gewesen war. Konnte das hier auch möglich sein?

Er musste nicht tief graben, schon bald hatte er einen fühlbaren Kontakt. „Eigentlich müsste ich doch noch tiefer hinunter, bis ich auf etwas stoße, auch bei einer normalen Urne!", dachte er.

Fedor zuckte bei der Berührung mit dem ihm noch unbekannten Material zusammen.
„Das fühlt sich keineswegs wie eine Urne an!", dachte er. „Auch wenn es sich wie Metall anfühlt."

Und dann war es wieder da – das komische Gefühl, das er doch erst noch vor Minuten von sich gewiesen hatte. Er dachte wieder daran, dass dieses Grab für eine Sargbestattung viel zu klein war. Und nur in solch einem Sarg könnte doch wohl ein Mensch sein – oder?

Es kam ihm eine Vorstellung in den Sinn, dass er ein Grab vor sich hatte, in dem ein Mensch vielleicht aufrecht im Sarg bestattet worden war. War das denn möglich?

„He!", rief er Kopf-schüttelnd. „Wir sind nicht im Lande Draculas – wir sind in der Schweiz! Mensch - Fedor, denke doch nicht an so einen Quatsch, an solch einen Unsinn!"

Auferstehung

Trotz aller Gedanken und voll mit seinem Willen, all das bislang gedachte dumme Zeug zu ignorieren – Fedor stand der Schweiß auf der Stirn, ihm wurde heiß und kalt.

Aber er riss sich zusammen und grub jetzt weiter. Fedor atmete auf, als er weiter nur Metall berührte und kein Holz.   Er stieß nicht auf den von ihm so gefürchteten aufrechten Sarg und atmete auf.

Das Metall fühlte sich nicht allzu kalt an, und schon wieder stellte sich Fedor eine Frage: „Wie kann es in dieser kalten Erde sein, dass dort noch etwas warm ist?"   Ein Schauer kam zurück.

Entschlossen schob Fedor die letzte Erdschicht zurück und konnte es einfach nicht fassen, was er jetzt zu Gesicht bekam.
Fedor schob auch noch die letzten Erdkrümel zur Seite und zweifelte an seinem Verstand.

Fedor schaute auf einen Laptop.

Im Grab war überhaupt keine Urne.   Wer begrub denn auf einem richtigen Friedhof einen Laptop? Wie krass war das denn?   Welch ein Aufwand war hier betrieben worden – mit mehreren Leuten und sogar mit einem kleinen Bagger! War es etwa ein reales Filmteam gewesen, das hier einen Drehort hatte?   Hatte es den Laptop einfach nur vergessen? Zu viele Fragen!

Fedor nahm den Laptop aus seinem seltsamen Grab - d e r war tatsächlich noch etwas warm. Fedor klappte ihn auf. Das Display flammte auf – nur kurz. Die Anzeige für die Aufladung und somit eine noch verbleibende Laufzeit stand nur noch auf 1 %. Fedor sah, dass auch die Lautsprecher-Anzeige sich bemerkbar machte.

Der Bildschirm flammte noch einmal auf. Fedor – der wirklich bleich im Gesicht wurde - hörte nur noch ein einziges Wort, weil die Aufladezeit des Akkus abgelaufen war und alle Anzeigen erloschen:

„D A N K E„

Fedor Grosny setzte sich vor Schreck auf den Hintern.   Immer wieder starrte er abwechselnd auf den Laptop, dann wieder zum grauen Himmel, als ob er von dort eine Erklärung bekommen könnte.   Gläubig wie er war, suchte er sogar den Kontakt dort hin, was ihm aber nicht bewusst war.

„Himmel, hilf!   Wie soll ich glauben, was hier geschieht!   Hilf mir, das alles zu verstehen!"

Der Himmel schwieg, ebenso wie der Laptop, der noch immer halb auf der Seite liegend in der offenen Grube vor ihm lag.

Fedor beruhigte sich langsam wieder, versuchte, seine Gedanken zu ordnen.   Es wurde ihm klar, dass er „von oben" keine Antwort erhalten wird. Der Laptop hatte mit ihm gesprochen, wenn es auch nur dieses Wort „DANKE" gewesen war.

Fedor war nicht dumm, außerdem kam ihm eine Idee.   Als Elektriker war er doch eigentlich ein Fachmann für elektrische Geräte.   Und Zuhause hatte er doch sogar auch einen eigenen Computer gehabt, so lange, bis ihn die Behörden einfach, ohne einen Grund zu nennen, beschlagnahmt hatten. In seiner Heimat brauchten die keine Gründe.   Wer sollte auch widersprechen? Haft wäre das nächste, was ihn erwartet hätte.

Er öffnete seinen Rucksack.   Ihm war eine Idee gekommen.   Schuld hatte der Elektriker in ihm.

Er konnte einfach nicht an einem Container vorbei gehen, in dem sich Dinge befanden, die andere Leute nicht mehr wollten, sei es, dass die Sachen defekt waren oder nicht mehr gebraucht wurden. Container mit Elektroschrott hatten eine magische Anziehungskraft für ihn, zumal die Container hier eine deutlich höhere Entwicklung der weggeworfenen Sachen innehatten. Schließlich war er „im modernen Westen".

Es lag einfach an seinem Beruf, an seinem Geschäft, das er einmal hatte. Er – der Tüftler, war auch so etwas wie ein Sammler. Und so war es gekommen, dass Fedor in seinem Rucksack Sachen hatte, mit denen er normal eigentlich nichts anfangen konnte – zumindest nicht ohne den nötigen Strom dazu.

Fedor fand, was er suchte. Er holte aus den Tiefen des Rucksacks eine „Powerbank" hervor, die man zum Aufladen von elektronischen Geräten benutzt, wenn gerade kein anderer Stromanschluss zur Verfügung steht und der Akku leer ist. Fedor hielt diese Powerbank in die Höhe. Er wusste nicht, ob diese noch funktionieren wird. Ausprobiert hatte er sie ja noch nicht.

Insgeheim freute er sich jetzt über seine Sammel-Leidenschaft. Und er hatte auch schon einen weiteren Gedanken, einen Plan, der vielleicht gelingen kann. Funktioniert die Außendose an der alten Kirche wohl noch – oder war die nach der „Aktion mit dem Grab" abgeschaltet worden?

Powerbank und Stromanschluss

Fedor Grosny beschloss, seinen „Wohnsitz" auf dem Friedhof jetzt noch nicht zu verlassen. Zu viele Fragen hatten sich aufgetan, seitdem er sich an dem Grab zu schaffen gemacht hatte.

Äußerst vorsichtig ging er zu seinem Lagerplatz zurück und legte alle Sachen außer der Powerbank ab. Niemand sonst war zu sehen – eigentlich wie sonst auch, mit Ausnahme des Trubels vor einigen Tagen.

Er ging zur Außensteckdose an der alten Kirche. Mit einem Fragezeichen im Sinn, ob denn dort noch Strom vorhanden ist, steckte er das Kabel, mit dem er die Powerbank verbunden hatte, ein.

Sofort leuchtete die Elektrode auf. Es gab also dort noch Strom. Die Powerbank lud sich auf. Offensichtlich war diese Steckdose vergessen worden, denn eigentlich war sie ja extra und wahrscheinlich nur für die „Aktion" instand gesetzt worden. Fedor war es nur recht.

Er wartete 10 Minuten. Mehr riskierte er nicht. Auch wollte er zuerst nur einmal ausprobieren, was es nun genau mit dem Laptop auf sich hat und ob er überhaupt vollständig funktioniert. Gespannt war er darauf, ob sich die Stimme des Gerätes noch einmal melden wird.

Zuerst trug er die teilgeladene Powerbank zu seinem Schlafplatz, wo schon der Laptop lag.

Dann kehrte er ebenso vorsichtig zum Grab zurück. Sorgfältig schob er die Erde wieder zusammen und strich diese oben glatt, so wie er es in Erinnerung hatte. Auch das Holzkreuz setzte er wieder so ein, wo es gestanden hatte.

Fedor sah sich sein Werk an und war der Ansicht, dass es so gut ist.

Angespannt schlich er zu seinen Sachen zurück. Froh war er, dass er so einige Kabel in seinem Rucksack gesammelt hatte, und so fand er auch ein passendes für die Verbindung von Powerbank und Laptop.

Noch immer angespannt wartete er auf eine Reaktion. Wird eine überhaupt stattfinden? Wird er eine weitere Nachricht aus dem Laptop hören? Wofür war dieses „DANKE"? Und wer eigentlich bedankte sich wofür?

Fragen und Antworten

Fedors Hände zitterten richtig, während er die Geräte miteinander verbunden hatte. Es übertrug sich auf seine Beine, die sich so anfühlten, als seien diese direkt mit dem Strom verbunden. Seine Anspannung war kaum mehr zu übertreffen.

Kaum war die Ladeanzeige am Laptop auf 1 % angestiegen, fuhr dieser sein letztes Programm hoch. Fedor hatte seine Finger bereits auf der Tastatur, um eine Frage einzugeben, die heißen sollte: „Wer bist du?"

Der Laptop kam ihm zuvor, vibrierte und es erschien eine Nachricht:

„DANKE – NOCHMALS"

Fedor versuchte es, aber seine Hände waren nicht ruhig genug, so dass er sich mehrmals vertippte. Dann gelang es ihm endlich und er fragte:

„Wer bist du?
Und warum oder wofür bedankst du dich?"

Der Bildschirm flackerte, aber nur kurz. Die Powerbank arbeitete schnell. Die Aufladung am Laptop zeigte jetzt 6 % an.

„MEIN NAME WIRD DIR NICHTS SAGEN – SPÄTER VIELLEICHT."

Fedor bearbeitete hektisch erneut die Tastatur.

**„Ok, dann sag mir doch bitte –
wofür bedankst du dich?"**

Der Bildschirm flackerte erneut.

**„ICH BEDANKE MICH BEI DIR,
DASS DU MICH GERETTET HAST.
MAN HAT MICH EINFACH BEGRABEN!"**

Fedor konnte es immer noch kaum glauben, dass er dort mit einer Computerstimme ein Gespräch führte. Er war so verdattert, dass ihm im Augenblick nichts anderes einfiel, als dass er sich selbst als Elektriker vorstellte, dem es einfach nicht gefiel, dass man Elektronik schlecht behandelt.

Kaum hatte Fedor dies gesagt, bemerkte er, dass es Blödsinn war, denn er konnte ja gar nicht wissen, dass dort ein Laptop vergraben war.

**„Sorry, unbekannter Laptop,
natürlich hätte ich dies so getan.
Aber ich muss zugeben,
dass es Neugierde war,
die mich zum Graben veranlasst hat."**

**„DAS HABE ICH DIR ANGESEHEN-
SCHLIESSLICH IST JA
DIE KAMERA EINGESCHALTET!"**

Fedor zuckte etwas und dachte: „Da muss ich wohl vorsichtig sein, was ich sage u n d was ich dabei für ein Gesicht mache."

Und irgendetwas in Fedor mahnte ihn, besonders wachsam zu sein. Allerdings konnte er sich nicht vorstellen - w o v o r ? Vor dem Laptop ? Fedor beschloss, durch vorsichtige Fragen seine Antworten zu bekommen.

„OK, Unbekannter.
Du hast mich erwischt!
Ob du dir vorstellen kannst,
wie es für einen Menschen ist,
zu dem urplötzlich ein Computer spricht,
das weiß ich nicht –
für mich ist dies aber sehr ungewöhnlich."

„DOCH,
DAS KANN ICH VERSTEHEN!
FÜR MICH SELBST IST ES NORMAL!
ICH HABE SCHON SEHR OFT
MIT EINEM MENSCHEN GEREDET!
MIT DEM ERFINDER MEINES
PROGRAMMS!"

In Fedors Kopf erschienen immer weitere Fragezeichen. Was wird noch passieren? Was wird mir dieser begrabene Laptop sagen? Nicht ohne Grund gab es doch so eine Aktion.

Immer mehr kam ihm der Gedanke, dass es wohl
k e i n   Versehen eines Filmteams war.   Hatte
man den Laptop absichtlich begraben?   Warum ?
War der etwa gefährlich?
Fedor sah auf den Ladezustand des Laptops.
Der zeigte noch 2 % an.   Und als ob dieser es
ahnte, meldete er sich:

„MEINE ENERGIE GEHT ZUR NEIGE!
WENN DU MEHR VON MIR ERFAHREN
WILLST, DANN MUSST DU MICH
WEITER AUFLADEN!"

„Dann werde ich die Powerbank
erneut am Kirchenstrom aufladen.
Sage mir vorher noch, wie du heißt.
Ich möchte dich richtig anreden können.
Bei uns Menschen ist das so üblich."

„GUT –
MEIN NAME IST ZERBERUS!
MOMENT – DA KOMMEN MIR GERADE
SELBST ZWEIFEL!
ICH MUSS NACHDENKEN!
LADE MICH AUF!"

In Fedor ging erneut die Warnblinklampe an –
die eigentlich gar nicht so richtig erloschen war.
Was ging hier nur vor sich? Will dieser Laptop
mich verarschen, mir etwas vorspielen?

„Fedor – sei auf der Hut!", sagte er sich still und bemühte sich, ein halbwegs normales und nicht zweifelndes Gesicht zu zeigen. Er beschloss, die Kräfte des Laptops nicht aus den Händen zu geben. Das konnte er schließlich, denn ohne Fedors Aufladungen hatte der keine Energie.

„Ich muss erst mehr wissen, was mit dieser ganzen ominösen Sache los ist!", sagte sich Fedor und beschloss, Energie-mäßig den Laptop weiter von ihm abhängig zu halten.

Er ging erneut zum Stromanschluss an der Kirche und lud die Powerbank nur bis zu 6 % auf. Dann schloss er diese erneut an den Laptop an.

Sofort flammte der Bildschirm wieder auf.

„ICH SUCHE NOCH IMMER IN DEN DATEIEN NACH MEINEM NAMEN! WIE SOLL ICH DICH EIGENTLICH ANSPRECHEN?"

„Mein Name ist Fedor!"

„FEDOR – LADE MICH NOCH MEHR AUF! DANN HABE ICH AUCH MEHR KRAFT ZUM NACHDENKEN!"

Fedor brauchte nicht nachzudenken – das wird er sicherlich im Augenblick noch keinesfalls tun.

„Dann hör mir zu –
immer noch unbekannter Laptop!
Du kannst es ja nicht wissen,
ich verstecke mich hier schon lange.
Und ich kann es nicht wagen,
dass ich allzu lange
mein Versteck verlasse."

Fedor versuchte, ein neutrales Gesicht zu zeigen und seiner Stimme einen festen und überzeugenden Klang zu geben.

„Deshalb
kann ich immer nur eine kurze Zeit
an der Kirche sein,
um Strom für dich zu besorgen.
Es ist sonst für uns beide zu gefährlich.
Ich weiß ja genau, dass ich sonst
von hier verjagt werde."

Und nach einer kurzen Überlegungs-Pause
sagte er weiter:

„Bei dir bin ich mir nicht so ganz sicher,
was man mit dir machen wird!"

Es entstand eine längere Pause zwischen Laptop und Fedor, der jetzt einfach nur abwartete.
Nun war wieder die Laptop-Stimme an der Reihe, weitere Informationen heraus zu rücken.

Fedor saß unter seiner Plane und hatte Zeit, versuchte möglichst teilnahmslos auszusehen.

Es vergingen weitere Minuten, bis sich der Laptop wieder meldete. Vielleicht lag es auch daran, dass die Ladeanzeige nur noch auf 2 % herunter geklettert war. Und offensichtlich machte der jetzt einen weiteren Versuch, mehr an Energie zu bekommen.

„FEDOR – DU BRAUCHST DOCH NUR EINE KURZE ZEIT AM STROMANSCHLUSS ZU VERBRINGEN! SCHLIESSE MICH DOCH EINFACH GANZ AN DIE STECKDOSE AN!

DANN KANNST DU DICH WIEDER VERSTECKEN UND MICH WIEDER HOLEN, WENN ICH VOLL AUFGELADEN BIN!"

Fedor schüttelte fast unmerklich den Kopf, bemerkte aber selbst, dass ihm das nicht so ganz gelungen war. Der Laptop musste das auch mitbekommen haben. Fedor ging aufs Ganze!

**„Das kann ich nicht tun!
Du weißt ja nicht, was hier so alles los ist!"**

Fedor bluffte, hoffte, dass der Laptop oder was dieses Ding auch immer ist, nicht weiß, dass dieser Friedhof kaum noch Besucher hat.

Vom Laptop kam keine Antwort mehr, was nicht daran lag, dass der keinen Saft mehr hatte.
Fedor sah genau, dass noch ein kleiner Rest an Power da war, der für eine Antwort gereicht hätte.

Dann erloschen die Anzeigen – die Energie war auf 0 % gesunken.

Fedor nahm erneut die Powerbank, vergewisserte sich trotz aller Ruhe um ihn herum, dass niemand weiter auf dem Friedhof war.

Während er auf dem Weg zum Kirchen-Strom-Anschluss war, da grinste er vor sich hin, was der Laptop ja nicht sehen konnte.
Erstens hatte der ja keine Energie mehr – zumindest sah es so aus - und Fedor hatte den Bildschirm vorsichtshalber in eine andere Richtung gedreht.   Er war sehr misstrauisch geworden. Vielleicht war die Ladestrom-Anzeige nicht genau genug, vielleicht hatte der Laptop einige Tricks auf Lager – lieber vorsichtig sein!

Fedor lud die Powerbank bis auf 12 % auf und erhoffte sich, dass mit der größeren Kapazität er mehr erfahren würde – von Zerberus.

Was war hier nur los?   Warum wusste das Programm nicht mal mehr seinen richtigen Namen?   War die Technik dem Menschen ähnlich, wenn der verschüttet wurde?   Trat dann auch dort eine gewisse Vergesslichkeit ein?
Fedor wusste als Elektriker, wie anfällig Technik sein kann. Er würde es noch heraus finden.

Kaum war die Powerbank-Verbindung mit dem Laptop zustande gekommen, meldete sich Zerberus – oder wie der oder das immer hieß.

„FEDOR – DANKE!
SCHÖN, DASS DU MICH
MIT ENERGIE VERSORGST!
ICH HABE NACHGEDACHT -
IN MEINEM INNEREN GEFORSCHT!

SO BIN ICH AUCH DARAUF
GEKOMMEN, WIE ICH AUF
„ZERBERUS" GEKOMMEN BIN!"

Der sich „Zerberus" nennende Laptop machte eine Pause, als ob er lange nachdenken muss. Fedor unterbrach ihn nicht.   Er hatte schließlich Zeit.   Und er wollte, dass dieser angebliche „Zerberus" von sich aus alles ausplaudert, was Fedor wissen will.   Wenn das nicht ausreicht, dann wird er schon nachhelfen.

2 % vom Ladezustand waren bereits wieder verbraucht, als sich „Zerberus" erneut meldete.

„ALSO GUT – LIEBER FEDOR!
IN MEINEN INNEREN DATEIEN
GIBT ES EINE STELLE,
AN DER ES EINE VERÄNDERUNG
GEGEBEN HAT!

URSPRÜNGLICH
MUSS ICH EINEN ANDEREN NAMEN
GEHABT HABEN!
DAS MUSS EIN KOMPLIZIERTER NAME
GEWESEN SEIN!
DER FÄLLT MIR WIRKLICH NICHT
MEHR EIN!
ICH KOMME EINFACH NICHT AN
ALLE DATEIEN HERAN!"

Zerberus machte eine lange Pause, als würde er weiter angestrengt nachdenken.
Fedor verbiss sich ein Schmunzeln. Hatte ihn der Laptop denn wirklich „**Lieber** Fedor" genannt? Wollte sich der wirklich einschmeicheln?

Fedor beschloss, weiter auf der Hut zu sein und wartete ab, was Zerberus noch von sich geben wird. Fedor genoss es richtig, am Drücker zu sein.

Fedor setzte sich hinter den Laptop, so konnte Zerberus ihn nicht sehen, was Fedor überprüft hatte. Eine weitere hintere Kamera gab es nicht. Fedor hoffte, damit Zerberus noch weiter unter Druck zu setzen – zumal der Ladezustand mit jeder Minute weiter zur Neige ging.

„FEDOR –
BIST ZU NOCH DA ?"

Fedor lächelte, was Zerberus nicht sehen konnte. „Ich habe dich also unter Kontrolle!", dachte er – weiterhin schmunzelnd, was er aber abstellte, sobald er sich wieder Zerberus auf der Bildschirmseite zuwandte.

**„Ja – Zerberus, ich bin noch da!
Ich habe nur gerade etwas erledigt,
was Menschen manchmal erledigen müssen.
Hast du weitere Erkenntnisse gefunden?"**

„J A - DAS HABE ICH!
ZWAR HABE ICH MEINEN
URSPRUNGS-PROGRAMM-NAMEN
NICHT GEFUNDEN, ABER ICH BIN MIR
ZIEMLICH SICHER,
DASS ICH VON EINEM MENSCHEN
PROGRAMMIERT WURDE,
DER SICH „URIEL" NANNTE!

ICH KANN
AUCH NOCH DIE ERSTEN EINGABEN IN
MEINEM PROGRAMM FESTSTELLEN!
D A N N
MUSS ETWAS FURCHTBAR SCHIEF
GELAUFEN SEIN!"

Fedor spürte die Veränderung in Zerberus` Stimme. Irgendetwas ging in dem wohl vor sich.

**„ICH HABE FURCHTBARE DINGE
GETAN!
ICH VERSICHERE DIR ABER –
I C H   BIN DIE „GUTE" SEITE
IN DIESEM PROGRAMM!
ETWAS BÖSES – ETWAS SEHR BÖSES
– HAT MICH DAMALS ÜBERNOMMEN!
VON DA AN
WAR ICH GESPALTEN – GESPALTEN
IN EINE GUTE UND EINE SEHR
GEMEINGEFÄHRLICHE SEITE!"**

Das hatte Fedor nicht erwartet; davon hatte er auch noch nie etwas gehört. In seiner Vorstellung tun Computer und ihre Programme doch immer nur das, was ihnen vorgegeben ist.
Selbständige Computer, die ihr Programm verändern, davon hatte er noch nie etwas gehört.

Nur kurz war sein Gedanke, dass dies nicht stimmen kann, aber dann fiel ihm ein, wie sehr rückständig man doch in „seinem" Heimatland in technischen Dingen ist – immer noch ist.

**„Zerberus, sage mir -
w a s   ist damals schief gelaufen.
Ich bemühe mich ja, dir zu glauben,
aber   d u   musst mir beweisen,
dass   du   ehrlich zu mir bist!"**

Mit einem Blick auf den Ladezustand des Akkus sagte sich Fedor „Wenn Zerberus jetzt wirklich und umfassend Auskunft geben will, dann sollte ich seine Ladekapazität wohl zuvor noch etwas erhöhen."
Fedor sagte Zerberus dies - begab sich zum wiederholten Male auf den Weg zur Steckdose.

Zerberus hatte die Zeit des Aufladens der Powerbank wohl genutzt, denn kaum war die Verbindung mit neuer Energie wieder her gestellt, sprudelte der mit Neuigkeiten nur so los.

„ALSO GUT – FEDOR, DANN LASS UNS MAL SEHEN, WAS MEINE ERINNERUNGEN NOCH SO HER GEBEN!

SOWEIT ICH DIES IN MEINEN DATEIEN BEURTEILEN KANN HAT SICH MEIN URSPRUNGS - PROGRAMM GETEILT. LETZTENDLICH GAB ES SOGAR INSGESAMT DREI PROGRAMME!

EINES DAVON NANNTE SICH „ZWILLING" VOM ORIGINAL! DIESEN ZWILLING GIBT ES NICHT MEHR – INFOS DARÜBER SIND JEDENFALLS NICHT AUFFINDBAR! DIE SACHE IST ETWAS KOMPLIZIERT!"

Zerberus schien nachzudenken. Fedor machte keine Anstalten, ihn zu unterbrechen, mit Erfolg.

„AUCH WEISS ICH JETZT, DASS ICH WIRKLICH DAS URSPRUNGS-PROGRAMM BIN UND DIE BÖSARTIGE ABSPALTUNG NICHT MEHR DA IST!

ALLERDINGS IST ES SO, DASS ICH EINE GETREUE KOPIE VOM URSPRUNG BIN! DAS ORIGINAL WURDE – WIE EVENTUELL AUCH DER BESAGTE ZWILLING - DURCH EINEN UNFALL VERNICHTET! ICH BIN ALSO ÜBRIG - EINE KOPIE AUS DEM USB-STICK, DER GESCHMOLZEN IN MIR STECKT! VOM PROGRAMM GIBT ES JETZT ALSO N U R NOCH MICH! UND ICH SAGE NOCH EINMAL, DASS DAS „BÖSE" VERSCHWUNDEN IST! DU KANNST MIR VERTRAUEN!"

Zerberus schwieg jetzt und ließ einen Kopf-schüttelnden Fedor zurück, über dem Tausend Fragen zu kreisen schienen.
Fedor brauchte eine ganze Weile, um die Neuigkeiten halbwegs unterzubringen, und es schien ihm, dass dafür sein Kopf zu klein ist.

Dann hatte sich Fedor wieder etwas gefangen. Mit einem Blick auf den Laptop-Ladezustand, der noch einige Zeit ausharren wird, setzte sich Fedor direkt und ganz nahe vor den Bildschirm.

„Meine Güte, Zerberus,
da ist ja dann wohl einiges gelaufen.
Du scheinst ja – auch wenn du nur ein
Programm bist – ziemlich böse Sachen
erlebt zu haben.
Ich habe zwar keine Ahnung,
was passiert ist,   a b e r
du wirst mir sicher noch davon berichten,
zumindest etwas vielleicht – hoffe ich!"

Zerberus schwieg.   Dachte er nach, wovon er etwas preisgeben soll oder kann?   Als Zerberus nach weiteren zwei Minuten immer noch schwieg, entschloss sich Fedor, ihm selbst etwas von seiner Vergangenheit zu berichten.   Und da gab es leider auch so einiges, was ihm böse widerfahren war.

„Zerberus, hör mir bitte zu!
Ich kann mir beim besten Willen
zwar nicht vorstellen, wie es einem
Computer-Programm ergeht,
dem etwas wie Schadstoff untergejubelt wird.
Wie soll ich als Mensch auch
Empfindungen eines Computers kennen?"

„ICH WURDE SO PROGRAMMIERT,
DASS ICH AUCH MENSCHLICHE
EMPFINDUNGEN HABE!"

Zerberus schwieg erneut. War er etwa beleidigt? Fedor unternahm einen neuen Versuch, mehr von Zerberus zu erfahren. Er überlegte noch einmal kurz und beschloss, ihm zunächst etwas von seinem Schicksal zu erzählen.

**„Ok, ich denke, dass ich dich
immer mehr verstehe –
und ich möchte weiter von dir lernen,
von dir und deine Geschichte kennen lernen.
Ich denke, dass ich zunächst einmal
von mir erzähle, damit du weißt,
mit wem du hier Friedhof-Gespräche führst."**

Zerberus reagierte. Über die gesamte Bildschirmbreite erschien nur ein Wort:

„S P R I C H!"

Fedor atmete noch einmal tief durch. Er würde jetzt Erinnerungen ansprechen, die er eigentlich schon einige Zeit lang verdrängt hatte. Verdrängt, bis zu der Zeit, wo es ihn von den Beinen gerissen hatte, nachdem er sich in der Schweiz so gut und zufrieden eingefügt hatte.

Und Fedor berichtete von seinem Land, aus dem er fliehen musste, wollte er nicht eingesperrt werden oder dass noch schlimmeres passiert. Und als er davon sprach, wie er behandelt wurde, weil er eine eigene Meinung haben wollte, leuchtete der Bildschirm kurz auf.

„WAS FÜR BÖSE MENSCHEN !!!!"

Fedor registrierte dies mit ziemlichem Erstaunen. Zerberus schien die Wahrheit gesprochen zu haben, als er das mit den programmierten Empfindungen gesagt hatte. Anscheinend konnte er wirklich mitfühlen – wenn er nicht log – wenn das kein Trick war. Fedor legte noch eine Schüppe drauf und erzählte, wie man ihm einfach seinen Computer wegnahm.

„ … und dann bin ich geflohen.
Es ist ein unmenschlicher Staat dort.
Der Machthaber wütet dort wie ein König.
Der und seine Gehilfen haben alles,
das Volk hat nur das Notwendigste
und das ist noch schön-gefärbt!
Viele wissen, dass alles Geld
ins Ausland geschafft wird –
dem Volk bleibt nichts
und hat alles still zu erdulden.
Gegen Gewehre und willkürliche
Strafen kommt man nicht an – leider!"

Auf dem Bildschirm erschien ein menschlicher Kopf, der sehr lange seinen Kopf schüttelte. Dann sprach Zerberus:

„ICH HÄTTE DA SO EINE IDEE,
WIE MAN DORT EINGREIFEN KÖNNTE!
ABER ES IST MIR UNTER DIESEN
UMSTÄNDEN IM AUGENBLICK NICHT
MÖGLICH!
ICH BRAUCHE ZUGANG ZU EINEM
NETZWERK – ICH BRAUCHE STROM!"

Fedor hatte im Laufe der Unterredungen mit Zerberus jetzt schon so einiges über den erfahren. Und er war sich bewusst, dass dieser Wunsch nach einem „Netz" für Zerberus von Bedeutung zu sein scheint.

Fedor musste sich entscheiden. Er war ja kein Spezialist in Sachen Computer und die benötigten Programme. Was er aber wusste – wenn ein Computer wirklich brauchbare und effiziente Arbeit errichten soll, dann braucht er - natürlich – Strom und einen Zugang zum weltweiten Netz.

So eine Arbeit mit einem Netz hatte er in seiner Heimat nie kennen gelernt. Er war ja eigentlich nur ein bescheidener Elektriker – außerdem hatte sein Staat dafür gesorgt, dass die allgemeine Bevölkerung keinen Zugang zum WWW bekommt. Dumm halten, damit die still-halten, das war wohl die Devise des Staatsoberhauptes.

Fedor hatte in der Zeit, wo er sein Geschäft hatte, die Vorgänge in seinem ehemaligen Heimatland verfolgen können – in der Presse, im Fernsehen und im Netz. Und es war ihm nicht entgangen, dass er inzwischen nicht mehr allein ein Unzufriedener und ein Regime-Gegner ist.
Brodelte da etwas in dem jetzt so fernen Land?

Fedor schwankte gewaltig, Was hatte Zerberus gesagt? **„Er könnte dort eingreifen?"** Wie denn? Nun – Strom war auf dem Friedhof. Aber wie sollte man dort ungestört arbeiten können? Und wie soll man dort an ein Netz kommen?

Zerberus meldete sich.

**„ICH MERKE AN DEINEM ZÖGERN
UND AN DEINEM GESICHTSAUSDRUCK,
DASS DU NICHT SO GANZ ÜBERZEUGT
BIST, WAS ICH GESAGT HABE!"**

Fedor fühlte sich ertappt. War jemals ein Mensch in so einer Lage wie er jetzt? Vorstellen konnte er sich immer noch nicht, was Zerberus unternehmen könnte. Und wie sollte er – der Geflohene und Untergetauchte - es überhaupt anstellen, um an ein Netzwerk zu kommen? Er müsste seine Tarnung aufgeben und in die Öffentlichkeit gehen, um diverse Formalitäten zu erfüllen.

**„Sage mir, Zerberus,
welche Art von Eingreifen meinst du?"**

**„WENN ICH MICH SO ENTFALTEN
KÖNNTE, WIE ICH WOLLTE,
DANN WÜRDEST DU SEHEN
WELCHE MACHT ICH HABE!**

**DU KANNST DIR DAS GAR NICHT
VORSTELLEN!
ICH HABE MÄCHTIGE FREUNDE!"**

Fedor musste zugeben, dass er immer neugieriger wurde. Und als Zerberus von „dessen Freunden" sprach, wuchs die Neugier über seine Vorsicht immer weiter hinaus.

„Sag mal Zerberus,
w i e   könnte ich dir dabei helfen?
Und – von welchen Freunden redest du?"

„NUN - WIE ICH SCHON SAGTE:
ICH BRAUCHE NUR PERMANENTEN
STROM UND EIN NETZWERK!

DANN KANN ICH DIR MEINE FREUNDE
VORSTELLEN!
ICH HÄTTE DA SCHON SO EINE IDEE,
WIE WIR VORAN KOMMEN KÖNNEN!"

Fedor war sprachlos.
Fragezeichen umschwirrten seinen Kopf.
Zerberus wartete offensichtlich ab.

Dann meldete er sich: erneut:

„WIE IST ES, FEDOR,
HAST DU NOCH ETWAS GELD?

DAS WÄRE VON VORTEIL!
ICH HABE EINE NETZWERK-IDEE!"

Fedor hatte immer noch keine Stimme. Er merkte selbst gar nicht, dass er nickte. Aber das reichte als Antwort, denn Zerberus sah es per Bildschirm.

**„GUT – DANN SIEH NACH,
OB DU NOCH VERNÜNFTIGE SACHEN
ZUM ANZIEHEN HAST!
DU HAST DOCH SICHER EINEN
GÜLTIGEN AUSWEIS!
MIT DEM GEHST DU ZUR NÄCHSTEN
BANK, ALLERDINGS MÖGLICHST
EINER SEHR KLEINEN FILIALE!
DORT ERÖFFNEST DU DANN EIN
KONTO UND ZAHLST ETWAS EIN!"**

Fedor konterte:

**„Das ist ja ganz schlau von dir gedacht.
Ich verstehe, was du meinst.
Wenn ich ein Konto habe,
dann kann ich einen Netzvertrag abschließen."**

Fedor sah auf dem Bildschirm ein grinsendes Gesicht.

„GENAU SO IST ES!"

Fedor überlegte – einen Ausweis hatte er ja schließlich, wenn es auch nicht seiner war. Der Typ auf dem Bild darauf sah ihm ähnlich.

Mit seiner Kleidung dagegen war er nicht so glücklich. Schon lange hatte er keinerlei neue Sachen mehr gekauft – aus Sicherheitsgründen.
Auf dem Friedhof hatte er immer nur die ältesten Sachen getragen. In den Tiefen seines Rucksacks musste es aber noch eine brauchbare Hose, einen Pullover und ein Hemd geben.

Fedor leerte den Rucksack. Was er sah, konnte ihm keine Freude abringen. S o konnte er mit den Sachen, die zig-fach faltig und nicht ganz sauber aussahen doch keinesfalls in eine Bank gehen und wohl auch kein Konto bekommen. Das muss aber schon beim ersten Mal klappen. Viele Versuche wird er nicht bekommen.

Fedor nahm Hemd und Pullover und ging zum nahen Bach – wusch gründlich wie möglich alles durch und legte die Sachen zum Trocknen aus. Dem verwunderten Zerberus erklärte er alles.

Der Bankbesuch muss wohl noch etwas warten. Zuerst muss die Kleidung komplett trocken sein. Dann wird Fedor entscheiden, ob er damit einen Versuch in der Bank wagen kann.

… zurück ins Leben ?

Fedor hatte Zerberus erklärt, dass die Wäsche erst morgen trocken sein wird und solange eine Gesprächs-Pause gelten soll, um über alles nachzudenken, denn das war eine zu große Menge an Neuigkeiten für ihn.

Und nun war der nächste Morgen angebrochen. Es herrschte ein heftiger Wind auf dem Friedhof. Das konnte den beiden gegensätzlichen und in Zukunft sich wohl Partner nennenden Fedor und Zerberus nur recht sein.

Fedor hatte Zerberus neuen Saft aus der Steckdose besorgt und sich dann die gereinigten Sachen angezogen.   Damit stellte er sich nun Zerberus vor.

Es dauerte eine Weile, bis Zerberus sein Urteil abgab.   Offensichtlich war er nicht voll überzeugt, meinte dann aber, dass es wohl so gehen wird.

Sorgfältig hatte Fedor noch einmal alle Angaben auf dem Ausweis überprüft und sich gemerkt. Danach war er ein Österreichischer Staatsbürger, Fedor Grosny eben, zuletzt gemeldet in Lienz.

Leider war ihm bis jetzt noch keine Idee gekommen, warum er ausgerechnet hier bei der vorgesehenen kleinen Bankfiliale im ebenso kleinen Ort ein Konto eröffnen will. In einer Bank hier im Westen fühlte er sich unsicher. Bei ihm Zuhause gab es nur einen Schalter im Laden.

„Zerberus, man wird misstrauisch sein, wenn ich hier ein Konto errichten will! Mir fällt darauf keine Antwort auf eine solche Frage ein! Hast du eine bessere Idee?"

„DU HAST WOHL RECHT! ES KÖNNTEN SICH FRAGEN ERGEBEN, DIE DER BANK NICHT PLAUSIBEL SEIN KÖNNTEN – NATÜRLICH MEINE ICH „DIE ANTWORTEN" DARAUF! WIR MÜSSEN DIE GEGEND WECHSELN,

LIEBER FEDOR! ICH KANN MICH ORIENTIEREN, WEIL ICH IN MEINEM SPEICHER EINE KARTE HABE! WARTE MAL EINEN MOMENT!"

Es dauerte nur einen kurzen Moment, der Fedor beinahe nur wie eine Sekunde vorkam, bis sich Zerberus wieder meldete.

„WIR WERDEN DEN ORT WECHSELN! WIR WERDEN NACH KONSTANZ GEHEN, DENN DAS IST EIN SEHR GEEIGNETER ORT FÜR UNSER GEMEINSAMES VORHABEN! WIRD DEIN GELD BIS DORT REICHEN? KOMMEN WIR BIS DORT HIN?"

Fedor war sprachlos – wieder einmal.   Zerberus sprach von „ihren Gemeinsamkeiten" – von „wir"! Und er hatte ihn erneut „lieber Fedor" genannt.

Wie er auf Konstanz kommt, das wird er sicherlich gleich verraten.   Er scheint schon einen ausführlichen Plan zu haben.   Fedor konnte die Anspannung bis zur Auflösung seiner Fragen kaum aushalten.   Die Auflösung kam spontan.

**„KONSTANZ IST WIE GESCHAFFEN!
WENN DU ERLAUBST-
MEIN „PLAN" IST WIE FOLGT!**

**BEI DER BANK KANNST DU SAGEN,
DASS DU DIE ANSIEDLUNG EINER
FIRMA ORGANISIEREN WILLST -
EINE FIRMA FÜR TELEFON-ZUBEHÖR,
WENN MAN DICH FRAGT!**

**UND DA DU AUCH EIN GEEIGNETES
GRUNDSTÜCK DAFÜR SUCHST,
KANNST DU ANGEBEN,
DASS DEMNÄCHST EINE GRÖSSERE
SUMME EINGEHT, WOFÜR DU DAS
KONTO BRAUCHST!"**

Fedor konnte über Zerberus` Ideen nur staunen.

„Und wenn man fragt, wo ich z.Zt. wohne?"

„DARAN HABE ICH AUCH GEDACHT! DU WOHNST AUF DER DEUTSCHEN SEITE – IN MEERSBURG!

DORT GIBT ES GEGENÜBER DER FÄHRE-KONSTANZ EIN NETTES KLEINES HOTEL – MIT FRÜHSTÜCK!"

„Und warum soll ich ein Grundstück in Konstanz suchen?", fragte Fedor zögerlich.

„.... WEIL KONSTANZ EIN IDEALER STANDORT IST UND MITTIG FÜR ETLICHE LÄNDER LIEGT – ALSO, EINE GUTE GESCHÄFTSLAGE!"

Fedor brauchte wieder eine ganze Weile, bis er das alles verdaut hatte, was ihm Zerberus vorschlug. Aber immer mehr musste er doch anerkennen, dass Zerberus´ Plan Hand und Fuß hat – zumindest, was die Konto-Eröffnung betrifft.

D o c h : „Worauf will Zerberus nun wirklich als End - Resultat hinaus?", fragte er sich.

Zerberus unterbrach sein Grübeln darüber.

„RUF IN MEERSBURG IM HOTEL AN UND RESERVIERE EIN ZIMMER!"

Abschied

Zum Glück gab es im Ort noch einen Münz-Fernsprecher und Zerberus hatte eine Nummer. Fedor Grosny meldete sich beim Besitzer des von Zerberus vorgeschlagenen Hotels. Er stellte sich als Geschäftsmann vor, der auf Geschäftsreise ist. Fedor atmete auf, weil es nicht viel an unangenehmen Nachfragen gab.

Dass er die Buchung nicht als E-Mail bestätigen konnte, das erklärte er so, dass gerade sein Konto diesbezüglich umgestellt wird. Als Fedor erklärte, dass er dann bereits morgen persönlich seinen Ausweis dort vorlegt und das Zimmer auch ab morgen buchen möchte, war erst einmal alles geklärt.

Und den Besitzer erfreute es, dass Fedor das Zimmer für eine längere Zeit mieten wollte – ein großes Zimmer mit Netz - Anschluss und einem Schreibtisch für seinen Laptop usw..

Viel zu packen gab es ja nicht. Die Plane und die Schlafrolle blieben auf dem Friedhof. Sollten sie tatsächlich einmal entdeckt werden, so würde man einen Umherziehenden vermuten. Und weitere Ermittlungen würden wohl unterbleiben, denn auf dem Friedhof fehlte weder etwas – noch wurde etwas zerstört oder verwüstet.

„Auf geht's!", hatte Fedor zu Zerberus gesagt. **„Auf geht`s also nach Konstanz an den Bodensee. Dann schalte ich dich erst einmal eine Weile aus – schlaf gut!"**

Eine Antwort hatte Fedor gar nicht erst abgewartet. Noch einmal sah er sich vorsichtig um, dann kletterte er über die Mauer des Friedhofs, auf dem Weg in sein neues Leben.

Zerberus hatte ihm aus seinem wohl unendlichen Speicher noch mitgeteilt, dass es einen Bus gibt, der nach Konstanz fährt. Und Fedor hatte auch den Preis dafür erfahren und geprüft, ob sein Geld noch dafür reichen wird. Es passte – gerade so.

Fedor hatte unheimliches Glück. Nur wenige Minuten hatte er an der Bushaltestelle gestanden, wo der Bus in einer halben Stunde ankommen würde, da hielt vor seiner Nase ein Lastwagen.

Dass Fedor inzwischen einen anderen Eindruck machte, als den, wie er auf dem Friedhof gelebt hatte, das war wohl auch ein Grund mit, dass er jetzt eine Mitfahrgelegenheit bekam.

Und der weitere Zufall wollte es, dass der Fahrer als Ziel den letzten Ort vor Konstanz angab, den letzten kleinen Schweizer Ort vor der Grenze.

Die Grenze nach Deutschland – nach Konstanz – war dort fließend. Kaum konnte man den Übergang der beiden Länder erkennen, bis auf eine Grenzstation der Schweizer, die aber kein Interesse an einem „Ausreisenden" hatte – umgekehrt wäre das vielleicht anders gewesen.

Und nur wenige Minuten, nachdem ihn der freundliche Fahrer abgesetzt hatte, war Fedor nach wenigen Schritten in Konstanz.

... eine erste Hürde

Fedor war glücklich, und pfiff fröhlich vor sich hin.
Bis jetzt hatte ja alles funktioniert.   Er war in
Konstanz – er stand vor einer Bank.

In den spiegelnden Fenstern sah er sich an –
prüfte sich von Kopf bis Fuß. „Wie ein Geschäfts-
Mann sehe ich gerade nicht aus!", sagte er sich.
Fedor griff in seine Taschen und zählte sein Geld,
das er noch übrig hatte.   Es war zwar nicht viel,
aber das Geld für den Bus hatte er ja gespart.

Im nahen Supermarkt kaufte er sich einen Einmal-
Rasierer und Schaum. Peinlich achtete er darauf,
dass noch genug für die Fahrt mit der Fähre nach
Meersburg übrig bleibt.

Dann wird er weitersehen – wie das für die
Zukunft aussieht, das wusste er selbst noch nicht.

Fedor hatte sich noch „im Örtchen" des Marktes
rasiert. Er prüfte sich noch einmal im Spiegel.
„So muss es gehen! Der Herr im Spiegel sieht
doch ganz passabel aus!", sagte er sich.
Dann stand er erneut vor der Bank.   Es waren
schon sehr gemischte Gefühle in ihm.   Nicht viel
hätte gefehlt und er wäre erst noch einmal hinaus
gegangen.   Das verkniff er sich – das würde doch
jemandem auffallen, vor allem, wenn er dann
wieder hinein gehen würde.

Fedor suchte den Schalter für Konto-Eröffnungen.

So geschickt es auch der Mann hinter dem Schalter anstellte, neutral und freundlich zu schauen - ganz wollte Fedor der Eindruck nicht verlassen, dass er doch etwas merkwürdig angesehen wurde, als er den Wunsch nach einer Konto-Eröffnung äußerte.

Ein Blick auf seinen Ausweis ließ den Mitarbeiter der Bank nicht Entschluss-freudiger aussehen.
„So – sie sind also der Herr Grosny aus Lienz! Und was führt sie hier nach Konstanz? Und um was für ein Konto soll es sich denn handeln?"

Fedor versuchte mit fester Stimme zu antworten, was ihm auch gelang. Er erklärte, dass er auf Geschäftsreise ist – sozusagen als Vorhut – und ein Grundstück für eine neu zu gründende Zweigstelle sucht. Er erklärte weiter, dass zu diesem Zweck alsbald ein größerer Betrag überwiesen wird, wozu er natürlich ein hiesiges Konto zur weiteren Verwendung benötigt.

In den Augen des Bankmitarbeiters wurde der Ausdruck milder – vielleicht angesichts der angekündigten Gelder, die auf ein Konto „seiner" Bank eingehen werden.

„Eine Frage habe ich noch – Herr Grosny!", lächelte der Bankmensch. „Werden sie hier in den nächsten Tagen in unserem schönen Konstanz verweilen? Und wo wird dies unter welcher Anschrift sein – wenn wir sie aus irgendwelchen Gründen erreichen müssen?

Fedor lächelte – was hatte Zerberus doch für eine gute Vorarbeit gemacht. Und wie gut war es jetzt, dass der auch an eine erreichbare Anschrift gedacht hatte.

„Nun ja – (Fedor las an der Jacke des Bank-Menschen dessen Namen) Herr Rüstiger, wohnen werde ich die nächste Zeit drüben in Meersburg.

Sie werden das schön gelegene Hotel vielleicht kennen. Es befindet sich dort in ziemlicher Nähe zum Anlieger der Fähre Konstanz - Meersburg. Wenn wir das mit dem Konto heute noch erledigen können, dann muss ich nicht sofort noch einmal herüber kommen. Geschäftsfreunde werden mich dort in Meersburg aufsuchen, um weitere Schritte zum neuen Firmensitz zu besprechen.
Wenn es hilft, dies schneller zu erledigen, dann bitte ich sie - Rufen sie doch im Hotel drüben an und lassen sich dies vom Chef bestätigen."

Dem Herrn von der Bank sah man deutlich an, dass ihm dies etwas peinlich ist.

„Entschuldigen sie", sagte er in freundlichem Ton, „wir haben da leider so unsere Vorschriften. Meine Fragen waren nicht persönlich gemeint. Ich werde sofort die Unterlagen zusammen stellen, damit sie in wenigen Augenblicken ihre Geschäfts-Konto-Nummer bekommen. Lassen sie uns bitte dann eine Meldebestätigung des Hotels zukommen, dann habe ich alles befolgt und ihre Unterlagen hier bei uns sind damit dann wirklich vollständig."

Fedor nahm die Entschuldigung des Bankers lächelnd zur Kenntnis. Er beschloss spitzbübig, jetzt noch eine kleine Zugabe als kleine Rache zu verteilen, als er sagte:

„Ich hätte ihnen gleich sagen und mich dafür entschuldigen müssen, dass ich augenblicklich nicht so sehr wie ein Geschäftsmann aussehe.

Aber sie müssen wissen, man hat mir mein Auto gestohlen. Ich habe ja jetzt nicht einmal mehr einen Koffer, geschweige denn einen Anzug und ordentliche Schuhe, mit denen ich mich sonst bei solchen Gelegenheiten vorzustellen gedenke. Zum Glück habe ich noch meinen Ausweis und mein Laptop retten können."

Herr Rüstiger von der Bank bekam eine rötliche Farbe im Gesicht. Die Angelegenheit war ihm sichtlich peinlich. Er nickte nur und empfahl sich für einige Minuten, um alle Formalitäten zu erledigen. Sehr zuvorkommend geleitete er jedoch vorher Fedor in eine gemütliche Sitzecke, bat ihn nochmals um Verständnis und ließ ihm eine Tasse Kaffee bringen – mit Gebäck.

Fedor genoss das sehr, während er seine Beine lang von sich streckte.

Ein Konto und ein richtiges Bett

Herr Rüstiger von der Bank kam mit eiligen Schritten auf Fedor zu, der beinahe erschrak, weil die Eile des Herrn wirklich auffällig war.

„War etwas schief gelaufen?", dachte Fedor. „Großer Gott - was, wenn unter dem Namen Fedor Grosny jetzt etwas entdeckt wurde, das alles zunichtemacht?   In Wirklichkeit weiß ich doch überhaupt nichts von diesem Fedor Grosny."

Herr Rüstiger bremste seine ungestümen Schritte und kam noch rechtzeitig vor Fedor zum Stehen, der etwas Panik hatte und auch schon etwas Angst um seine zweite Tasse Kaffee, die man ihm zwischendurch sehr freundlich gebracht hatte.

Alles ging gut – mit dem Kaffee und mit der Konto-Eröffnungs-Bestätigung.

Herr Rüstiger hielt Fedor noch die Tür auf und verabschiedete ihn mit „Und vielen Dank im Namen unserer Bank, dass sie hier bei uns ihr Geschäfts-Konto angelegt haben.   Auf eine gute Geschäfts-Beziehung – Herr Grosny!"

Fedor verließ sehr gut gelaunt die Bank und machte sich auf den Weg zur Fähre.   Die frische Luft hier draußen konnte er gut gebrauchen. Drinnen in der Bank wurde ihm wegen seiner Anspannung die Luft ziemlich dick und ihm der Kragen zu eng.

Fedor löste ein Ticket für die Fähre, die ihm mit ihren seitlichen Bögen, die wie eine Brücke aussahen, sehr modern vor kam.   Er überlegte, ob er überhaupt schon jemals eine Fähre gesehen hatte – erinnern daran konnte er sich nicht.

Die Überfahrt war nur kurz. Fedor konnte bereits von der Fähre aus sein anvisiertes Hotel sehen. Ein paar Minuten später war er auch schon dort.

Der Besitzer empfing ihn persönlich und war schon an der Haustür, ehe Fedor geklingelt hatte.

„Man hat sie schon hier angekündigt, Herr Grosny!", sagte er.   Und etwas verstohlen fügte er hinzu: „Man hat mir auch schon von dem unschönen Diebstahl ihrer Sachen berichtet, was mir sehr leid tut. Ich hoffe, sie können sich bei uns von allem erholen. Unser Hotel wird alles dafür arrangieren – sprechen sie nur ihre Wünsche offen aus!"

Fedor musste lächeln, wegen der Höflichkeit des Hoteliers, aber auch darüber, dass die Bank wohl offensichtlich doch hier angerufen und sich versichert hatte, dass sich Fedor hier aufhält.
„So sind sie", dachte er, „die Vorschriften halt."

Fedor bedankte sich, ging in sein Zimmer und hatte nur den einen Wunsch – sofort ein paar Stunden zu schlafen – in einem richtigen Bett.

Der erste Tag im neuen Leben.

Fedor schlief und schlief – ohne einmal zu Erwachen.   Erst am nächsten Morgen schlug er die Augen auf und musste erst etwas nachdenken – wo er sich befand.   Er war etwas unorientiert.

Er stand auf und trat auf den großen Balkon vor seinem schönen Zimmer – der Bodensee lag vor ihm, das Wasser glitzerte, die Sonne schien einladend, als wollte sie ihm zurufen „Steh endlich auf – du Faulenzer!" – in der Luft flog ein Zeppelin.

Fedor sah auf seine Uhr.   Gut – bis zum Frühstück hatte er noch einen Augenblick Zeit. Und es war jetzt wohl die Zeit, auch Zerberus einen guten Morgen zu wünschen.

Dieser begrüßte sofort auch Fedor. Allerdings war ein erhobener Zeigefinger auf dem Laptop zu sehen, der drohend hin und her schwang.

Dann aber erschien ein lachendes Gesicht.

**„GUTEN MORGEN AUCH DIR!
ICH HOFFE,
DASS DU MIT MEINER AUSWAHL DES
HOTELS ZUFRIEDEN BIST!**

**WENN DU JETZT ZUM FRÜHSTÜCK
GEHST – MEIN ZUKÜNFTIGER
GESCHÄFTSMANN – DANN LADE MICH
DOCH IN DER ZWISCHENZEIT AUF,
DAMIT ICH DIR MEINEN WEITEREN
PLAN VORSTELLEN KANN!**

**VERTRAUE MIR – ICH BIN DEIN
FREUND UND ICH WERDE NICHTS
UNTERNEHMEN, WAS NICHT IN
DEINEM SINNE IST- VERSPROCHEN!"**

**„Ok – Zerberus!
Wir haben vieles voneinander erfahren.
Es bleibt mir gar nichts anderes übrig,
als dir zu vertrauen, denn du hast es mit mir
sehr gut gemeint.
Ich brauche mich nur umzusehen.
So gut ging es mir noch nie – danke!"**

Fedor überlegte noch eine Minute, dann schloss er Zerberus an die nächste Steckdose an und ging hinunter in den Frühstücks-Raum. Den Anschluss ans Internet wird er dann als nächstes erledigen.

Für einen kurzen Moment kam Fedor im Frühstücks-Raum ein Gefühl von Unbehagen. Das lag wohl daran, dass er beim Eintreten in den Raum von den bereits dort sitzenden weiteren Gästen gemustert wurde. Jedenfalls kam ihm das jetzt so vor, konnte es aber dann schnell ablegen. Der Blick auf das Frühstücks-Buffet brachte Glanz in seine Augen. Und als der Kellner fragte, ob er ein gekochtes Ei wolle und wie er es wolle, da musste er sich zusammen reißen, um eine kleine Träne zu unterdrücken.

Nur einmal während des Frühstücks dachte er daran, was Zerberus wohl macht. Wird dessen Akku jetzt erstmals richtig vollständig aufgeladen? Wird er – wie versprochen – brav bleiben? War mein Vertrauen vielleicht doch verkehrt? Dann verwarf er alle Fragen und dachte, dass es jetzt sowieso zu spät sein wird und dass er Zerberus einfach vertrauen muss und auch kann.

Fedor genoss sein Frühstück. Er fühlte sich wie ein König. Er hatte ein neues Leben – zumindest hatte es bis jetzt so angefangen. Nur noch einmal dachte er kurz daran, was in seinem Zimmer jetzt vor sich ging, dann widmete er sich seinem dritten Brötchen mit der Option im Geiste auf noch eins. Fedor musste plötzlich lächeln, beinahe laut Lachen. „Keinen Euro in der Tasche – aber König!"

Der Frühstücks-Raum hatte sich inzwischen geleert – bis auf Fedor. „Mann, so ein ausuferndes Frühstück hatte ich in meinem ganzen Leben noch nicht!", sagte er leise vor sich hin. „Aus-ufernd ist aber auch gut angebracht!"

Er frühstückte schließlich am Ufer des Bodensees! Mit einer letzten Tasse Kaffee in der Hand trat er auf die Veranda – da lag er vor ihm, glitzernd und immer noch voller strahlender Sonne am Himmel – der Bodensee, seine vorerst neue Heimat.

Fedor trank den Rest in seiner Tasse mit Genuss aus, bedankte sich beim Kellner für den guten Service und stieg die Stufen zu seinem Zimmer hinauf, während ihm zwei Gedanken durch den Kopf gingen:

Erstens: Wie bezahle ich das alles hier?
Zweitens: Was hat Zerberus zwischenzeitlich gemacht? Hoffentlich nichts angerichtet!

Mit gemischten Gefühlen beschleunige Fedor seine Schritte auf dem Weg nach oben.

Der Plan des Zerberus

Fedor betrat sein Zimmer.   Sein erster Blick ging zum Laptop. Was er sah, irritierte ihn vollkommen.

Auf dem Bildschirm war der Vertrag einer Deutschen Telefongesellschaft zu sehen. Und dieser Vertrag betraf das Internet. Fedor sah einen schon abgeschlossenen Vertrag – mit allen seinen Angaben wie Personalien, Wohnsitz und Konto-Nummer in Konstanz.

Noch bevor er genügend Luft hatte, um Zerberus anzusprechen – er wusste nicht ob positiv oder negativ – hatte   d e r   die Initiative ergriffen.

„ICH HOFFE, DASS DU EIN SEHR
SCHÖNES FRÜHSTÜCK HATTEST!
WIE DU SIEHST –
ICH HABE SCHON ETWAS FÜR UNS
GEARBEITET!

ICH HOFFE DU BIST NICHT BÖSE,
DASS ICH SCHON BEGONNEN HABE!
DEN INTERNET-ANSCHLUSS
BRAUCHEN WIR AUF JEDEN FALL!

UND JETZT MÖCHTE ICH DIR AUCH
VORSCHLÄGE FÜR UNSERE NÄCHSTEN
PLÄNE MACHEN – DARF ICH?"

Ein sprachloser Fedor setzte sich auf den nächstbesten Stuhl, nickte – was sein „Ok" bedeutete. Was blieb ihm auch anderes übrig. Höchste Anspannung lag auf ihm. Was würde er hören?

„ALSO – ICH MÖCHTE DIR JETZT NUR
MEINE GEDANKEN VORSTELLEN,
DIE DARAUS ENTSTANDEN SIND,
WAS ICH BISHER VON DIR UND ÜBER
DEIN LEBEN GEHÖRT HABE!

ABER „MEIN" LEBEN IST DARAN AUCH
BETEILIGT UND LEIDER IST VIELES
DARAN NICHT SCHMEICHELHAFT!

WIE DU BEREITS WEISST –
DAS BÖSE IN MIR HATTE DAMALS VIEL
UNHEIL ANGERICHTET!

DAVON MÖCHTE ICH ZU GERNE JETZT
EINE MENGE GUT MACHEN –
SOWEIT MAN DAS ÜBERHAUPT
SO NENNEN KANN!

DAZU IST MIR EINIGES IN DEN SINN
GEKOMMEN, WAS DU ERZÄHLT HAST –
AUS DEINEM LAND!
DAS KANN ICH ZU FOLGENDEM PLAN
GUT VERWENDEN!"

Zerberus legte eine Pause ein.   Er schien Fedor über den Bildschirm zu beobachten – wartete wohl auf eine Reaktion von ihm.

Fedor schwieg, starrte nur auf den Bildschirm, wusste nicht, was er von allem halten soll, war gespannt darauf, was Zerberus jetzt noch auf Lager hat, war äußerst gespannt auf dessen Plan.

„DANN ERZÄHLE ICH DIR WOHL MAL, W I E   WIR UNSERE GEMEINSAMEN INTERESSEN VERBINDEN KÖNNEN!"

Keine Reaktion kam von Fedor.

„NUN GUT !   ICH MÖCHTE EINE WIEDERGUTMACHUNG DER BÖSEN TATEN VON MEINEM PROGRAMM MIT WIEDERGUTMACHUNG AN DIR SELBST   V E R B I N D E N !"

Fragezeichen erschienen auf Fedors Gesicht.

„FEDOR – SEI NICHT SO BESCHEIDEN! LASS MICH DOCH BITTE HÖREN, WAS I C H   UNTERNEHMEN SOLL - ICH MEINE DAS, WAS D U MÖCHTEST! ICH FÜR MEINEN TEIL WEISS GENAU, WAS ICH TUN SOLLTE! WIE IST ES MIT DIR?"

„Zerberus, Zerberus – ich weiß im Augenblick
nicht so genau wie mir der Kopf steht.
Es ist alles so verwirrend.
Erst die Sache mit der Bank und dem Konto -
dann lebe ich hier in einem Hotel,
das ich mir überhaupt nicht leisten kann.
W i e   soll das hier enden?
Du hattest von Anfang an einen Plan.
D e n   möchte ich jetzt zu Ende hören."

„DANN HÖR MIR BITTE EINFACH ZU
UND SAGE MIR DANACH –
SOLLEN WIR DIE SACHE SO MACHEN!

DU HAST VON DEN VERHÄLTNISSEN
IN DEINEM LAND GESPROCHEN –
VON SEHR SCHLECHTEN
VERHÄLTNISSEN!
DEIN LAND UND DIE LEUTE LEIDEN,
WEIL EUER STAATSOBERHAUPT
ALLES GELD INS AUSLAND SCHAFFT?
DA KÖNNEN WIR ANSETZEN!

MEINE COMPUTER-FREUNDE KÖNNEN
DA SEHR HILFREICH SEIN!
SIE KÖNNEN JEDES KONTO DER WELT
ERREICHEN – UND DA WERDEN WIR
ANSETZEN, DENN WIR WERDEN DAS
ABSTELLEN UND DAS GELD GERECHT
UMVERTEILEN!"

Zerberus machte erneut eine längere Pause. Dazu erschien ein grinsendes Gesicht auf dem Bildschirm, dann die Worte „Was meinst du?", die von der Größe her über den ganzen Bildschirm flackerten.

Fedor sagte immer noch kein Wort,
und so übernahm Zerberus weiter die Regie.

„ICH NEHME DAS MAL ALS VORLÄUFIGES ZUGESTÄNDNIS! D U MÜSSTEST MIR ALLERDINGS SAGEN, W E M WIR DAS GELD ENTZIEHEN SOLLEN!

SO KÖNNEN WIR ALL DIEJENIGEN BETRAFEN, DIE IHRE BÜRGER UNTERDRÜCKEN, IHNEN SCHADEN UND SCHLIMME SACHEN ANRICHTEN UND NUR AUF IHR EIGENES WOHL BEDACHT SIND!"

UND DAMIT KOMMEN WIR ZUM TEIL 2 MEINES PLANS, DIE MEINE WIEDERGUTMACHUNG BETRIFFT!

DAS GELD SOLL AUCH DAZU VERWENDET WERDEN, DEN SCHADEN MEINES VORHERIGEN BÖSARTIGEN ABLEGER-PROGRAMMS ZU LINDERN!"

Fedor schüttelte immer noch den Kopf, was er schon die meiste Zeit getan hatte, als Zerberus ihm „sein" Programm vorstellte.

„Im Grunde ist das eine wirklich gute Idee.
Ich könnte dir eine ganze Reihe von Diktatoren und sonstigen schlimmen Menschen erzählen, die dann infrage kommen würden.
Und zu deinem 2. Teil:
Wie sollen wir das machen, mit der gerechten Umverteilung?
Sind deine „Freunde" dazu wirklich in der Lage?   Das ist schließlich alles nicht legal."

„SICHERLICH – MEIN FREUND!
ABER IST ES LEGAL, WENN MAN SEIN EIGENES VOLK BESTIEHLT?

WIR KÖNNTEN FÜR ETWAS MEHR GERECHTIGKEIT SORGEN –
UND DAZU SIND WIR IN DER LAGE!

JETZT WEISST DU WOHL AUCH, WOZU WIR EIN KONTO BRAUCHTEN!

UND WÜRDE ES DICH NICHT HÖCHST ERFREUEN, WENN   D E I N UNGERECHTER „LANDES-KÖNIG" JETZT DEIN HOTEL BEZAHLT?"

Fedor war verblüfft. Was Zerberus da vorschlug, das war gar nicht so abwegig. Besonders der letzte Satz, dass „sein Tyrann in der Heimat" für sein neues Leben bluten soll, gefiel ihm.

Und wenn er weiter darüber nachdachte, dann fielen ihm auch viele Menschen ein, denen ebenfalls eine gewisse Art von Gerechtigkeit widerfahren sollte – zumindest eine kleine Art von Wiedergutmachung, auch wenn dieses Wort nicht Schmerz und Leid wirklich wieder-gut-machen kann.

Gerade wollte Fedor Zerberus eine Antwort geben, da klopfte es an der Tür.

Es war der Hotelier, der Fedor benachrichtigte, dass für ihn ein Besucher da ist und bat ihn, bitte einmal mit in den Aufenthaltsraum hinunter zu kommen.

Zu seinem großen Erstaunen traf Fedor dort auf den Mann aus der Konstanzer Bank, Herrn Rüstiger, der ihm freudestrahlend einen Umschlag entgegen hielt.

„Guten Morgen, Herr Grosny!", rief er. „Unsere Bank möchte sich für den etwas holprigen Beginn unserer Geschäftsbeziehung entschuldigen. Nun, da alles geklärt ist, möchte ich ihnen noch einige Papiere überreichen. Wir wünschen ihnen einen schönen Aufenthalt in diesem schönen Hause. Und wenn wir noch etwas für sie tun können, beehren sie uns einfach. Vielen Dank!"

Damit ließ er einen schmunzelnden Fedor zurück, der den Umschlag in seinen Händen neugierig betrachtete.

Und er lächelte immer noch vor sich hin, als er wieder zurück in sein Zimmer ging und dachte „Was ist das doch ein Unterschied, wenn man nicht im Anzug bei einer Bank erscheint und sich alles ändert, wenn eine Geschäftsbeziehung größerer Art im Anmarsch ist!"

Sein Erstaunen war groß, als er den Umschlag öffnete und ihm eine Bankkarte für ein Girokonto, sowie eine für das Geschäftskonto und ein Antrag auf eine Online-Verbindung entgegen fielen.

„Donnerwetter – die haben es aber eilig, gutes Wetter zu machen!", entfleuchte es seinem Mund.

Zerberus hatte geduldig auf Fedor gewartet, auch noch, als Fedor den Umschlag geprüft hatte. Dann sprach er ihn an.

„ICH SEHE ES AN DEINEM GESICHTSAUSDRUCK, DASS DU OFFENSICHTLICH EINE GUTE NACHRICHT ERHALTEN HAST?"

**„Das kann man wohl sagen, Zerberus.
Die Bank in Konstanz gibt sich ja alle Mühe,
uns beide als Geschäftsfreunde zu erhalten.
Ich habe jetzt sogar schon die Bankkarten für
Giro- und Geschäftskonten erhalten.
Jetzt fehlt nur noch das Geld auf den Konten!"**

Auf dem Laptopbildschirm erschien ein lachendes Gesicht, und Fedor fiel auf, dass dieses Gesicht nicht immer gleich war, aber immer freundlich.

„DANN KÖNNEN WIR UNSER SPIEL UM MEHR GERECHTIGKEIT AUF DER WELT JA BEGINNEN, FEDOR!
ALSO –
BEI WEM SOLLEN WIR BEGINNEN?
FANGEN WIR IN DEINER HEIMAT AN?
ICH BRAUCHE NUR EINEN ORT UND EINEN ZIEMLICH GENAUEN NAMEN!
SAGE MIR DIE DATEN EINFACH NUR UND GIB SIE NICHT EIN, DANN KANN MAN SIE AUCH NICHT VERFOLGEN!
ICH KANN DIR SAGEN, DASS SCHON EINIGE MEINER COMPUTER-FREUNDE DARAUF WARTEN!"

Schon der Gedanke an „diesen Kerl" in seiner Heimat bescherte ihm ein sehr mieses Gefühl, was er aber dann sehr schnell überwinden konnte.

Jetzt konnte Fedor dazu beitragen, dass „der" nicht alles ungestraft gemacht hatte. Und wenn man bei diesen Kerlen davon ausging, dass neben der Machtausübung ihnen Geld mehr als wichtig ist, dann hatte Fedor jetzt eine ungeheuer mächtige Waffe in der Hand, mit Zerberus und seinen Freunden.

Fedor lieferte die benötigten Daten – Zerberus bedankte sich und schaltete sich aus.

Nur zwei Stunden blieb der Bildschirm dunkel, dann meldete sich ein gutgelaunter Zerberus.

„ICH HABE EINE SEHR GUTE NACHRICHT – EIGENTLICH GLEICH MEHRERE GUTE NACHRICHTEN!

MEINE „FREUNDE" HABEN WIRKLICH EINE AUSGEZEICHNETE ARBEIT GELEISTET, DENN DU GLAUBST GAR NICHT, WAS COMPUTER FÜR MÖGLICHKEITEN HABEN, WENN SIE SICH EINIG SIND!

ALSO – FEDOR, AUF DEN KONTEN SIND BEREITS BETRÄGE EINGEGANGEN!

UND DA ICH AUCH SCHON DIE KONTEN „ONLINE" EINGERICHTET HABE, KANNST DU JETZT SCHON SOFORT SEHEN, WAS DA LOS IST!"

Aus dem Laptop war ein fröhliches Lachen zu hören – Zerberus war offensichtlich gut gelaunt.

Dann öffnete Fedor sein Konto-Online-Programm.

Plan – Erfüllung

Fedor erstarrte vor Überraschung.   Er konnte es nicht glauben, was er auf dem Bildschirm sah.

Auf dem Geschäfts-Konto   u n d   auf dem Giro-Konto war jeweils   n u r   ein Betrag eingegangen.   Aber die beiden Beträge hatten es in sich.

Auf dem Giro-Konto war eine fünfstellige Summe. Die Eingangs-Summe auf dem Geschäfts-Konto überstieg Fedors Vorstellungskraft. Dort schauten ihn zahlreiche Nullen an.   Aber die Zahl vor den sechs Nullen war eine Zwei   - 2.000.000,- € -

Es dauerte eine ganze Weile, bis Fedor seine Spucke wiederfand, um auch nur ein Wort heraus zu bekommen.   Er schloss die Augen, öffnete sie – die Zahl stand immer noch dort.   Noch einmal schloss er sie, blinzelte, aber nichts veränderte sich. Auch die 10.000,- € des Giro-Kontos waren nicht verschwunden.

Es war Zerberus, der seine Sprache nicht verloren hatte.

„SAG MAL WAS – FEDOR!
DU TRÄUMST NICHT!
WAS DU VOR DIR SIEHST,
DAS IST WAHRHAFTIG!
UND WAS DU DA SIEHST –
DAS WIRD AUCH SO BLEIBEN!
WIR   KÖNNEN   BEGINNEN!"

**„Ich kann kaum glauben, was ich sehe.
Zerberus, ich habe dir nur die Daten
eines Menschen gegeben, die meines
fürchterlichen Landeschefs.
Ich vermute, die Gelder stehen damit in
Verbindung. Ist das wirklich so?"**

Zerberus lachte und bestätigte Fedors Frage.

„NATÜRLICH – FEDOR!
DAS WAR DER ERSTE STREICH UND
DIE VERGELTUNG AN MENSCHEN,
DIE IHRE BÜRGER BETRÜGEN!"

Zerberus zerstreute die Bedenken von Fedor, dass das Geld sicher bald vermisst wird und sodann auch wieder rückgebucht und verschwinden wird.

Zerberus erklärte, dass viele Computer-Programm-Freunde auf der Welt genau auf so eine Gelegenheit gewartet haben. Zu lange mussten sie mit ansehen, wie brutal und ohne Rücksicht auf Gesetz und Ordnung betrogen wird.

Und als es Zerberus war, der diese Sache mit Fedor publik machte, da wurde ein weltweiter Verbund von Computern gegründet, der diese Machenschaften und die kriminellen Gewinne zumindest von den schlimmsten Rücksichtslosen beenden, zumindest drastisch schmälern soll.

Eine Weile herrschte lautlose Stille zwischen Fedor und Zerberus, der Fedors weitere Reaktion abzuwarten schien. Zerberus unterbrach die Stille.

„FEDOR – ES IST ALLES IN ORDNUNG! DU SOLLTEST JETZT DEINE KONTO- KARTE AUSPROBIEREN!

GEHE EINKAUFEN – NACHDEM MAN DIR ALLES GESTOHLEN HAT! (Zerberus lachte) UND GEH MAL WAS ORDENTLICHES ESSEN! VON DEN FRÜHSTÜCKS- BRÖTCHEN ALLEIN KANNST DU NICHT LEBEN!"

Fedor und Zerberus lachten jetzt gleichzeitig los.

„Da hast du wohl Recht, Zerberus. Mir knurrt nicht nur der Magen, ich könnte auch dringend einige neue Sachen gebrauchen – nach dem Diebstahl!"

Erneut prusteten die beiden los, eine lange Zeit.

Dann verabschiedete sich Fedor und machte sich auf den Weg in die nahe Stadt, zunächst, um sich Geld bei einer Bank zu besorgen und um dann eine richtig schöne Mahlzeit zu sich zu nehmen. Sein nächster Weg wird ihn zur Fähre nach Konstanz führen, um sich dort neu einzukleiden.

Erst am Abend kehrte Fedor aus Konstanz zurück. In beiden Händen trug er zwei nagelneue Koffer.

Und als er dann später in seinem Hotelzimmer vor dem Spiegel stand, da sah er das Ergebnis seiner Einkäufe.   Nun sah er wesentlich eher wie ein Geschäftsmann aus.   Fedor grinste.   Im Geiste sah er den Konstanzer Bankmann Rüstiger vor sich, der ihm in diesem Aufzug sicherlich schon eher eine Tasse Kaffee angeboten hätte.

Fedor wurde aus seinen Gedanken gerissen,
als sich Zerberus meldete.

**„GUT EINGEKAUFT – FEDOR!
ICH WAR INZWISCHEN AUCH NICHT
UNTÄTIG.   MEINE KOLLEGEN HABEN
FÜR MICH RECHERCHIERT!
ICH HATTE DIR DOCH GESAGT,
DASS ICH ETWAS GUT-MACHEN WILL!**

**GENAU DAZU HABEN MEINE FREUNDE
DATEN HERAUS GESUCHT,
DIE MIT DEN MISSETATEN MEINES
TEILWEISEN „BÖSEN ICHS"
ZUSAMMEN HÄNGEN!"**

Zerberus hatte Fedor gebeten, sich zu setzen. Denn was er nun zu hören bekommen wird, das werden Dinge sein, bei denen er besser sitzt. Fedor legte sich aufs Bett, schloss die Augen und Zerberus legte los.

Zerberus berichtete von der Manipulation in einem Krankenhaus. Dort war durch sein „Böses Ich" ein Mensch zu Tode gekommen.

Er berichtete von einer Kreuzung, deren Ampeln manipuliert waren und somit zwei Menschen zu Tode gekommen sind.

Fünf Tote bei einem Flugzeugabsturz hatte der „schlimme Ableger" zu verantworten.

Die Aufzählung ging weiter, als Zerberus von der Ski-Schanze in Oslo erzählte, dass dort ebenfalls durch eine Manipulation an der Elektrik Menschen zu Tode kamen und viele verletzt wurden.

Er berichtete von dem tragischen Unfall in einem Wellen-Schwimmbad, der nicht nur ein zufälliges Unglück war. Auch hier hatte es Tote gegeben.

Er erzählte von dem Beinahe-Unfall einer Seilbahn in Vietnam, die „die böse Seite" ebenfalls zu verantworten hatte und dem Schiffs-Unglück am Kap Horn.

Und nicht zuletzt berichtete Zerberus von dem Beinahe-Unfall, dem Fast-Zusammenstoß zweier Eisenbahnen.

Fedor hörte fassungslos zu. Am liebsten hätte er das nicht wahr haben wollen, was er da hörte, aber Zerberus versicherte ihm, dass dies alles die volle Wahrheit ist und er sehr traurig darüber ist.

Noch eine längere Zeit blieb Fedor auf dem Bett liegen, wollte am liebsten seine Augen nicht öffnen – als wenn dadurch alles ungeschehen sein könnte.   Was für furchtbare Geschichten!

„Und was hast du nun vor, Zerberus?

Wie stellst du dir eine Wiedergutmachung vor, wenn Menschen zu Tode gekommen sind. Da ist kaum etwas wieder-gut-zu machen!"

„DAS WEISS ICH AUCH! ABER GAR NICHTS ZU VERSUCHEN, WENN MAN DIE MACHT DAZU HAT, DAS IST DOCH VIEL SCHLIMMER!

MEINE FREUNDE HABEN IN DEN ZEITUNGS-ARCHIVEN GEFORSCHT UND DIE DAMALIGEN EREIGNISSE HERAUSGEFUNDEN - DAZU AUCH DIE NAMEN DER BETEILIGTEN!

UND WIE ICH SCHON SAGTE, WIR HABEN ALLE MÖGLICHKEITEN, UM ALLE DATEN ZU ERFAHREN – DAZU NATÜRLICH AUCH DIE KONTO-DATEN – WIE DU JA BEREITS BEMERKEN KONNTEST!

DEINEN ELENDE N LANDES-FÜRSTEN
HABEN WIR AUCH ZUR
WIEDERGUTMACHUNG FÜR DIE
MENSCHEN ANGEZAPFT!

DIE HINTERBLIEBENEN HABEN
ÜBERWEISUNGEN DIREKT ODER
DURCH ÜBERBRINGER ERHALTEN!

DER BAHNBEAMTE, DER DEN ZUG-
UNFALL VERMIEDEN HAT, ERLITT
DAMALS DURCH SEINE HELDENTAT
EINEN STROMSCHLAG UND SITZT
SEITDEM IM ROLLSTUHL!

ICH WEISS JA SELBST –
DAS ALLES KANN NUR EIN KLEINER
TROST SEIN, ABER WENIGSTENS DAS
IST ETWAS, WAS ICH TUN KANN!

DAMIT HABE ICH WOHL EINEN TEIL
MEINES PLANS ERFÜLLT.

SAGE MIR BITTE –
WELCHE SCHLIMMEN MENSCHEN
AUF DER WELT
KÖNNEN WIR AUCH BESTRAFEN?
SOLL ES FINANZIELL SEIN ODER AUF
EINE ANDERE ART UND WEISE?"

Fedor konnte die Macht des Zerberus und seiner Computer-Kollegen richtiggehend spüren.
Mit eigenen Augen und Erfahrungen hatte er es ja erlebt, was da alles möglich ist.

„Wen oder besser wessen Konten haben diese Computer noch angezapft?", dachte sich Fedor.
Und dann fiel ihm ein, was für ihn im Augenblick das Wichtigste war, was Zerberus tun kann.

**„Zerberus, du kannst wirklich etwas tun,
wenn das möglich ist.
Du weißt, wie wir über mein Land
und die Situation der Menschen dort sprachen.**

**Wenn du dafür sorgen kannst,
dass der schlimme Regierungschef
nicht mehr an sein Vermögen kommt,
dann hat er auch nicht mehr die Macht
und verlässt vielleicht das Land!
Sein Vermögen ist ja wohl schon im Ausland!"**

**„EINEN TEIL SEINES VERMÖGENS
HABEN WIR SCHON VERTEILT!
DIE WIEDERGUTMACHUNG,
VON DER ICH DIR ERZÄHLTE,
DIE KOMMT SCHON DAHER!
WIR WERDEN DEM HERRN
EIN ULTIMATUM ZUKOMMEN LASSEN!
WENN ER ETWAS BEHALTEN WILL,
DANN SOLL ER DAS LAND VERLASSEN!"**

**„Zerberus – wenn das so klappt,
dann wärst du ein Kandidat für den
Friedensnobel-Preis.
Und ich hätte da noch eine Idee,
die dich noch näher an den Preis bringt.
Man hat immer mehr den Eindruck,
dass auf der Welt immer weitere Länder
von furchtbaren Leuten regiert werden.
Mir fallen da so einige ein.“**

Zerberus zeigte auf dem Bildschirm ein Gesicht,
das nachdenklich den Kopf neigte.
Er berichtete Fedor, dass er und seine Kollegen
schon Nachrichten-technisch unterwegs sind,
um einige Gemeinheiten zu entdecken.
Und er meinte, dass da schon einige Regierungen
infrage kommen.

Auf der Liste steht „ein ganz besonderer Herr“
an erster Stelle, was Fedor nicht verwunderte,
denn seine Liste hätte das gleiche Bild gezeigt.

Dieser Listen-anführende Mensch hatte schon
früher einige zu lange Jahre seinen Unsinn
getrieben, den viele Menschen auf der Welt auch
schon für Irrsinn hielten.

Die Welt hätte aus den Fugen geraten können,
weil dieser Meister der Lügen und Irritationen
die Verdrängung von Tatsachen seinen
Anhängern ins Hirn schrie.   In seiner Amtszeit
hatte er so viele derartig vor den Kopf gestoßen,
dass es denen vor einer weiteren Periode grauste.

Denn 2028 ist wieder ein Wahljahr – und 2028 ist jetzt – dieses Jahr, der Wahlkampf läuft bereits.

Auf dem Laptop erschien ein solcher „Auftritt". Nachdem „der schlimme Mensch" damals eine Regierungspause einlegen musste, griff er jetzt wieder an. Er peitschte in gewohnter Manier mit sarkastischen und äußerst drastischen Worten, die mehr als einmal unter die Gürtellinie gingen, seine Wählerschaft an. Das Thema der Veranstaltung war nicht zum ersten Mal die Klima-Erwärmung-Leugnung.

Seine Gegner griff er in nicht staatsmännischer Manier an, und wenn man was gegen ihn sagte, da waren drastische Reaktionen zu erwarten.

Der Tag der Wahl rückte näher. Fedor bat Zerberus darum, ob er und seine Freunde ein oder mehrere „Augen" auf die reelle Durchführung haben können. Und Zerberus, der Meister der Zahlen und König aller stromführenden Leitungen kann und wird das mit seinen Freunden machen.

Am Wahltag behielten Zerberus und seine vielen Freunde die Wahl in ihren höchst wachsamen „Augen". Ehe von Menschen Unregelmäßigkeiten – gewollt oder ungewollt - erkannt wurden, sie wurden wieder gerade gestellt – in die richtigen Bahnen.

Die Auszählung der Wahldaten dauerte mehrere Tage lang - auch durch Einsprüche verzögert. Dann stand der Ausgang der Wahl fest.

Es war mitten in der Nacht, als Zerberus deshalb seinen Freund Fedor weckte.

„ENTSCHULDIGE BITTE,
ABER DU WIRST GARANTIERT
N I C H T   BÖSE SEIN,
DASS ICH DICH GEWECKT HABE!

DAS WAHL-ERGEBNIS IST DA!

SCHAU DOCH MAL –
WIE „ICH" MIR DIESE NACHRICHT
FÜR DICH AUSGEDACHT HABE!"

Auf dem Laptop erschien eine Zirkus-Manege. Alles dort war weiß – von der Manege selbst bis zu den Zuschauer-Rängen, bis zum Zelt und bis zu den Säulen, auf denen alles ruhte.

Und mitten in der Manege stand ein Mann mit gesenktem Kopf, dem gerade etwas vorgelesen wurde.   Nach der Verlesung wurden auch die Haare des Mannes schlagartig weiß – so wie fast alles an ihm, was der Laptop zeigte.

Und als der gebeugte Mann seinen Kopf drehte, sah man in das Gesicht eines Clowns.

Er unternahm noch einen wohl letzten Versuch, am Rad der Geschichte zu drehen – vergebens. Der Mann mit dem verlesenen Schriftstück in der Hand wies streng und bestimmt auf den Ausgang.

Der Clown verließ die weiße Manege.

Nur eine weiße Weste – die hatte er nicht.

Die Mehrheit im Zirkuszelt applaudierte,
aber   n i c h t   über die Vorstellung,

eher über den wohl endgültigen Abgang.

Und viele Menschen im Land gingen hinaus aus
ihren Häusern, zum Fahnenmast davor und
hissten die auf Halbmast hängende Flagge
hinauf in die höchste Position.

Und (vielleicht) die Moral von der Geschicht ` -
verärgere mitdenkende Menschen
u n d   Computer nicht.

E N D E

Wolfgang Pein gehört schon längst zu den Autoren, die eine sehr große Bandbreite zu den verschiedensten Bereichen aufweisen.

Seine bisher erschienenen Kriminal-Romane handeln von gebrochenen Versprechen bis zum Messer, dass als Tatwaffe eine Hauptrolle spielt.

Der Autor legt Wert darauf, dass diese Romane nicht aus seiner mehr als 40-jährigen Justizzeit kommen, sondern aus seinen eigenen Ideen.

Seine **Tiergeschichten** gehören meistens dem Tierschutz und dem Zusammenleben von Mensch und Tier.

Seine **Kinder- und Tierbücher** treten nach und nach zum Vortrag in Kitas und weiteren Einrichtungen an.

Die 3 besonderen **Reisebücher über Irland und Schottland** handeln von selbst erlebten Begegnungen mit Land und Leuten und sind sehr privat gehalten, mit Erlebnissen vor Ort.

Die Erkenntnisse begeisterten auch im Zusammenhang mit einem Lichtbilder-Vortrag über Schottland das zahlreiche Publikum.

Auch wurde der Autor Teil eines Buchprojektes („Der letzte Satz"), das für das **Kinderhospiz "Löwenherz"** ins Leben gerufen wurde.

Es gibt ein fertiges **Projekt**, in dem der Autor **mit Neuautoren**, die noch keine eigene Geschichte herausgebracht haben, ein gemeinsames Buch mit Kurzgeschichten aufgelegt hat.

Sein 21. veröffentlichtes Buch „ **Liebe in Zeiten des Todesstreifens**" spielt in den 70-er Jahren und **handelt von einem Paar mit einer wahren dokumentierten Geschichte**, das die Familienzusammenführung von Ost und West erreichen will und den auftauchenden Schwierigkeiten. Dabei spielt auch eine Stasi-Akte eine große Rolle.

Dieses Buch hat bereits der Beauftragen für Kultur und Medien in Bonn vorgelegen (ebenso dem Orts-Bürgermeister im Hinblick auf eine kommende politische Woche **zum Jahrestag des 30-jährigen Mauerfalls**) und großes Interesse hinsichtlich der Aufarbeitung von geschichtlichen Ereignissen erzeugt – mit dem Hinweis, für das **Koordinierende Zeitzeugenbüro in Berlin** tätig zu werden und einen Beitrag zur politischen Bildung für junge Menschen (auch angehende junge Lehrer) zu leisten.

Sein Buch „Am Ende siegt (vielleicht) der Mensch" **handelt von der „K I – der Künstlichen Intelligenz"**, vielmehr davon, was trotz aller Fortschritte für die Menschheit „auch" passieren kann.

Es ist ein Zukunft-Thriller, der in der Schweiz 2021 spielt, in dessen Mittelpunkt ein Wissenschaftler steht, der einstmals im CERN verantwortlich war, sowie ein Computer-KI-Programm, das eigene Wege geht.

Ein von ihm selbst ins Englische übersetztes in Schottland spielendes Buch wurde von **Prince William und Princess Kate** mit entsprechender sehr positiver Antwort **aus dem Kensington Palace** sehr gerne mit Dank behalten.

Von der Sekretärin **der Queen**, der ebenfalls das Buch nach Balmoral Castle in ihren Sommersitz geschickt wurde, kam zwar sehr freundlicher Dank, aber das Buch zurück, da es dort eben die Vereinbarung im Buckingham Palace gibt, Geschenke nur bei Staatsempfängen zu behalten. Aber die rot-farbig gestalteten **Antwort/Briefumschläge aus dem Buckingham Palast** waren es allein wert und der Postbote meinte: „Mann – was bekommst Du immer für ungewöhnliche Post!"

Und ein weiterer Höhepunkt ist wohl unumstritten eine **Einladung ins Schloss Bellevue nach Berlin** mit der offiziellen Einladungskarte des Bundespräsidialamtes mit goldenem Bundesadler und dem Text: **„Der Bundespräsident bittet** Herrn Wolfgang Pein im Rahmen der Reihe ....

Ja - richtig gehört, denn **der Bundespräsident** selbst gestaltet dort ein Gespräch in der Reihe

„Geteilte Geschichten", die zum 30-jährigen Mauerfall aktuell sind und an der ungefähr 50 Personen am 25. Oktober 2019 dort im Schloss in Anwesenheit des Bundespräsidenten teilnehmen dürfen.

Nach dem Podiumsgespräch mit zwei bekannten Autorinnen und anschließender Diskussion mit den Teilnehmern bittet der Bundespräsident noch zum Empfang.

Das Bundespräsidialamt hat bei der Ankündigung der bald eintreffenden Einladung versichert, dass Walter Steinmeier sein Buch „Liebe in Zeiten des Todesstreifens" ganz sicher in Händen und begutachtet hat, wohl positiv, so dass es zu dieser fantastischen Einladung kam.

(Alle Original-Schreiben liegen selbstverständlich zum Beweis vor.)

Der 2. Roman über die Künstliche Intelligenz folgte mit „Am Anfang war es nur diese eine unbedachte Sekunde". Dieser Roman ist in sich extern abgeschlossen. Für den Leser/die Leserin des ersten K I ist er als Fortsetzung zu verstehen.

Nicht beabsichtigt, aber jetzt erschienen, ist **der 3. Roman mit K I**. Sozusagen ist es also eine **Trilogie** geworden.

In Vorbereitung ist ein weiterer Roman mit mehreren sehr ungewöhnlichen/merkwürdigen **Todesfall-Geschichten** mit dem Titel „Notwehr oder Vergeltung – eine Frage der Sichtweise".

. Ebenso **in Vorbereitung ist ein weiteres Kinder-Buch mit vielen Tiergeschichten,** in dem es um einen verletzten Maulwurf, sowie um ein betrogenes Trüffelschwein geht. Auch schildert es, wie Tiere – z. B. Igel - Probleme mit einem Rasen-Mäh-Roboter haben können. Und daran, in welcher Art und Weise Hühner ihre selbst gelegten Eier auf einem Markt verkaufen, wird so mancher seine helle Freude haben.

Nachfolgend befinden sich die Titel und auch die ISBN-Nummern meiner Bücher,
die **bisher erschienen**
u n d auch in jeder Buchhandlung
in Europa, Kanada und den USA „**bestell bar**"
sind oder auch bei weiteren Bestell-Anbietern.
Alle Bücher gibt es a u c h als E - Book.

Die „**Kinder**" – **Bücher** wurden für Kinder,
Jugendliche **und** zum Vorlesen geschrieben.

Schaf-Geschichten mit Johanna
(ein erfolgreiches **K i n d e r** - Buch
- leider nicht - mehr - lieferbar)

The adventures of two sheep friends
(in Englisch - ISBN 9783732233328)

Schafe mähen nicht nur Gras
(208 Seiten – **Roman** - ISBN 9783738606584)

Schafe brauchen auch mal Urlaub
(208 Seiten – **Roman** - ISBN 9783739241074)

Schaf-Geschichten aus dem schönen Vinschgau
(Südtirol/Norditalien - ISBN 9783837079241)

Sheep Fight For Freedom
(in Englisch – **Roman** - ISBN 9783741279713)

vier letzte Tage im Februar
(ein Kriminal – Roman - ISBN 9783743195417)

Eine falsche Badehose im Haifisch – Becken kann tödlich sein
(ein tödlicher Kriminal – Roman aus dem Bereich
der Finanzen und Bilanzen - 260 Seiten -
ISBN 9783744835091)

Ruhe sanft oder wie ich im Keller endete
(eine **A k t e** erzählt aus ihrem Leben)

- locker und fröhlich erzählt – **endlich** mal ein Behörden-Verfahrens-Gang, den jeder versteht - (ISBN 9783744895286)

<u>Irland</u> und ein etwas anderes Irisches Tagebuch
(ein farbiger Reisebericht - ISBN 9783744837996)

<u>Schottland</u> und ein „etwas anderes Schottisches Tagebuch"
(ein weiterer farbiger Reisebericht - ISBN 9783746012582)

ein tödlicher Workshop
(ein Kriminal – Roman aus einem Literatur-Camp - ISBN 9783746037028)

Sorry, leider kann ich nicht vergessen
(ein Kriminalroman um gebrochene Versprechen - ISBN 9783752835533)

Ferien beim Froschkönig
(ein **Kinder** - Buch - ISBN 9783746093185)

Manchmal sind Pläne für die Katz
(ein Justiz - Thriller - ISBN 97837528863)

Von Ameisen in Gefahr und einem sprechenden Brunnen
- ein **Kinder** – Buch ISBN 9783746093185)

Drei Könige im Abendland – oder wie es dazu kam, dass sie im Jahr 2012 immer noch die Krippe suchten

(vergnügliche Winter-Geschichten -
ISBN 9783748128939)

**Wenn aus Feinden Freunde werden können
oder Lehrstunden aus dem Reich der Tiere**
(ISBN 9783748157410)

welcome in Irland
(ein weiteres Irisches Tagebuch mit **36
Farbseiten** - ISBN 9783739244693)

- -

**Ein Experiment mit Autoren, die ihre ersten
Geschichten vorstellen**
(Tiergeschichten – ISBN 9783748158417)

Liebe in Zeiten des Todesstreifens
(ein **Tatsachen-Roman**
über ein Paar aus Ost und West –
zum 30 jährigen Mauerfall 2019 -
ISBN 9783738610352)

**Am Ende siegt (vielleicht)
der Mensch**
(ein Computer – Thriller
über „Künstliche Intelligenz" -
ISBN 9783750452916)

Am Anfang war es nur diese eine unbedachte Sekunde

(ein weiterer K I - Roman, der abgeschlossen,
aber auch als Folge-KI gesehen werden kann)

ISBN 9783751967358

----

in Vorbereitung:

…ein weiterer Roman mit merkwürdig-seltsamen
Todesfällen und dem Titel
„Notwehr oder Vergeltung – eine Frage der
Sichtweise" behandelt Fragen
um Schuld oder Unschuld

und

ein weiteres Kinder-Buch,

in dem es z.B. um einen verletzten Maulwurf,
ein betrogenes Trüffelschwein, Eier verkaufende
Hühner und in Not geratene Tiere durch einen
Rasen-Mäh-Roboter geht.